나쁜 연애, 썸

초판 1쇄 펴냄 2018년 10월 15일
   4쇄 펴냄 2021년 5월 7일

지은이 이송현

펴낸이 고영은 박미숙
펴낸곳 뜨인돌출판(주) | 출판등록 1994.10.11.(제406-251002011000185호)
주소 10881 경기도 파주시 회동길 337-9
홈페이지 www.ddstone.com | 블로그 blog.naver.com/ddstone1994
페이스북 www.facebook.com/ddstone1994
대표전화 02-337-5252 | 팩스 031-947-5868

ⓒ 2018 이송현

ISBN 978-89-5807-696-4 03810

* 이 책은 서울문화재단 '2016년 문학창작집 발간지원사업'의 지원을 받아 발간되었습니다.

나쁜 연애 썸 이송현

뜨인돌

차 례

나쁜 연애, 썸

써니 데이다.
날도 화창하고 바람도 적당하고
마주 보지 않아도 괜찮은 날이다.
썸, 나쁜 연애는 이제 안녕이다.

날씨 한번 징그럽게 맑다. 아침부터 써니가 '써니 데이'라고 콧노래까지 불렀는데……. 걘 하필이면 이런 날 차이냐. 아무래도 써니에게 이번 여파는 클 것 같다.

"일어서!"

"싫어."

"야, 장선희! 집에 가. 이런다고 그 자식 안 와."

나도 잘 안다. 내가 아무리 애원하고 윽박질러 봤자, 써니는 절대 내 말을 듣지 않을 것이라는 사실을. 다른 일에는 순순히 내 말에 따르지만 사랑 앞에서 얘는 고집불통이다.

"절대 포기 못 해."

눈물 그렁그렁한 채 끝까지 포기 안 한다고 외치는 써니를 보고 있자니 내 주먹에 힘이 절로 들어갔다. 나는 놀이터 모래 바닥에 있는 써니의 책가방을 들었다. 지금 내가 써니한테 해 줄 수 있는 거라곤 이 애의 가방을 들어 주는 것뿐.

못 이기는 척하더니, 써니가 일어섰다.

'그래. 그래야 야금이지.'

넌 내가 왜 너를 야금이라고 부르는지 모를 거야. 야금야금……. 내 심장을 파먹은 애, 그게 바로 너야. 하지만 나는 써니한테 좋아한다고 고백해 본 적이 없다. 아니, 좋아한다는 눈치도 채지 못하게 나를 단속해 왔다. 써니한테 'NO'라고 거절의 대답이라도 듣는 날에는 친구 관계로라도 유지 못 할 것 같았기 때문이다. 솔직히 코흘리개 때부터 붙어 다니면서, 초등학교 저학년 때까지 대중탕에도 같이 다녔던 여자애한테 이런 감정을 가지리라고는 꿈에도 상상하지 못했다.

써니가 걸음을 멈추고 덥석 내 손을 잡았다. 써니, 얘는 이렇게 손을 잡을 때마다 미친 듯이 질주하려는 내 심장을, 내가 안간힘을 다해 붙잡아 누르고 있다는 것을 알까.

"윤재서, 그래서 말인데…… 예행연습이 필요해."

"예행연습?"

작전 명은 '나쁜 연애, 썸'이라고 했다. 썸, 이것도 저것도 아니고 그 무엇 하나 또렷한 것이라고는 없는 관계.

"재서야, 난 오빠가 날 다시 찾도록 만들 거야. 내가 아니면 안 되게 말이야."

써니의 눈동자가 그 어느 때보다 빛났다. 아이돌을 따라다닐 때도, 학교에 새로 온 총각 선생님한테 러브레터를 쓸 때도, 써니의 눈동자는 지금처럼 반짝이지 않았다. 그래서 나는 오늘이 무섭다.

"윤재서, 도와줄 거지?"

'하! 이 나쁜 계집애.'

내가 묵묵부답이자 써니가 장난치듯 내 어깨에 팔을 둘렀다. 키 차이 때문에 써니가 내게 대롱대롱 매달린 꼴이었다. 다른 때 같았으면 써니가 힘들까 봐 슬쩍 무릎이라도 구부려 키를 낮췄겠지만 오늘은 어림없다. 나는 꼿꼿하게 서서 써니를 매달고 걸음을 옮겼다. 골목길에 어린 우리 둘의 그림자는 하나가 되어 노을빛에 녹아들었다.

기다리고 있었다는 티를 내지 않으려고 괜히 『수학 정석』을 펼쳐들었다. 소식통 기태가 한달음에 뛰어왔다. 앞자리에 앉은 녀석의 의자를 빼앗아 내 옆에 앉더니 날 보며 의미심장하게 윙크를 날렸다.

"알아봤어?"

아닌 척했지만 내 목소리가 내 속내를 고스란히 드러내고 있었다. 완전히, 엄청 궁금해하고 있다는 걸.

"알아보고 말고 할 것도 없어. 이것 봐 봐. 이 자식, 물건일세."

기태가 휴대전화를 내밀었다. 동영상 하나가 재생되고 있었다.

"사랑꾼의 모든 것? 이게 다 뭐냐?"

"알아보라며? 그 자식의 실체다. 여자애들을 실험 쥐로 생각하는 듯."

써니가 녀석의 실험 쥐가 되지 않은 것을 다행으로 여겨야 했다. 그러나 안심할 수 없는 상태다. 써니가 놈을 포기하지 않겠다고 했으니 녀석의 마음을 돌리려고 난리 법석을 피울 게 뻔하다. 무언가 마음먹으면 앞뒤 안 가리는 써니, 내가 써니를 좋아하는 점이기도 했지만 써니의 위험한 점이기도 했다.

써니의 그놈은 인터넷 방송 BJ였다. 〈사랑꾼의 모든 것〉이라는 타이틀 아래, 어처구니없는 짓을 펼치는 모양이었다. 하지만 조회 수를 보니 세상 사람들 모두가 녀석이 하는 짓을 뻘짓이라고 생각하지 않나 보다. 각종 연애 비법을 실제 상황을 통해 보여 주기 때문에 연애 초보는 물론이고 남의 연애를 엿보기 좋아하는 사람들까지 몰려드는 방송이라고 했다. 기태가 알려 준 정보는 나를 경악하게 만들었다.

"이 자식, 실제로도 자기가 만나는 여자애들 방송에 출연시켜서 별짓 다 하나 봐. 징계도 먹었다던데."

기태의 말에 혈압이 올랐다. 기태 잘못도 아닌데 괜히 흥분해서 주먹으로 책상을 내리쳤다. 각자 제 할 일을 하던 아이들이 우리를 돌아봤다. 나는 별일 아니라는 듯 손사래를 쳤다. 하지만 내 속은 지옥이었다. 미래가 보이는 듯했다. 개미지옥 같은 녀석에게 걸려 허우적거릴 써니의 모습이.

"이 미친놈, 징계 먹었다며 왜 아직도 이런 게 나도는 건데?"

침착한 척하려고 책상 위로 다리를 척 올렸다. 괜한 짓이었다. 발끝이 떨렸다. 눈치챈 기태가 두 손으로 내 발을 꽈악 잡더니 씩 웃었다.

"윤재서, BJ 방송하면서 징계는 곧 인기의 척도야. 그리고 이 징계가 무슨 무기징역이라도 되는 줄 아냐?"

"징계받으면 퇴출당하는 거 아니야?"

기태는 내 눈앞에 검지손가락을 흔들어 보였다.

"잘나가면 땡이야. 그냥 잠시 정지 먹거나 벌금 내고 끝. 오히려 이슈돼서 이 자식, 별풍선 더 많이 벌고 재벌될걸?"

나는 발끝에 힘을 실어 기태를 걷어찼다. 엉뚱한 화풀이었다.

"야! 이기태, 그래도 정의 사회 대한민국이 이러면 안 되는 거 아니냐? 이런 쓰레기 BJ는 두 번 다시 방송 못 하게 해야 하는 거 아니냐고!"

엉덩방아를 찧은 기태가 바지를 툭툭 털며 일어서더니 내 머리를 쓰다듬었다.

"너, 윤재서 이 자식! 너무 순진하잖아? 정의 사회라니……. 어허,

국회로 가야겠어."

기태가 강아지 털 쓰다듬듯 내 머리를 만지던 손길을 거두더니 내 뒤통수를 세게 후려쳤다. 아무래도 정신을 차려야겠다.

"국회로 가기 전에 내 써니부터 지키고."

나의 선언에 기태가 대놓고 비아냥거렸다. 배구 선수답게 녀석이 나에게 날린 스매싱의 강도는 엄청났다. 정신이 번쩍 들 정도였다.

"야, 윤재서. 입으로만 떠들지 말고 이제 너의 써니한테 '너는 내 여자다, 제발 딴 놈한테 한눈 좀 팔지 마라.' 당당하게 말 좀 해!"

나는 묵묵히 손을 뻗어 기태의 입술을 쭉 잡아당겼다. 녀석이 오버하면서 아프다고 난리를 쳤다.

"내 사랑은 그런 방식이 아냐. 조용히 뒤에서 지켜 주는 거지."

"꼴값도 풍년이다. 조용은 무슨, 보디가드냐?"

기태의 기대치를 충족시켜 주기 위해 나는 교복 재킷 안쪽에 손을 넣었다. 그리고 권총을 꺼내는 시늉을 했다. "유치한 새끼." 하면서 제자리로 돌아가던 기태가 "빵!" 하는 내 말소리에 바로 쓰러지는 연기를 펼쳤다.

자, 이제는 놈을 쓰러뜨릴 일만 남았다.

야자를 마치고 써니네 학교로 가는 도중에 나는 기겁하고 말았다.

오빠가 만나재. 오늘 같이 집에 못 가.

못 가, 못 가. 나랑은 못 간다는 써니의 달랑 한 줄짜리 문자메시지에 나는 미친 듯이 달렸다.

'아, 진짜! 이 계집애를 그냥……!'

우사인 볼트 저리 가라 할 정도로 죽을힘을 다해 뛰었다. 토할 것 같았다. 장애물이 나오면 점프했고 인도가 좁아 번잡하면 차도로 내려가 질주했다. 하마터면 차에 치일 뻔도 했다. 귀가 찢기는 듯한 클랙슨 소리와 미친놈 소리까지 동시에 세트로 들었다.

'오빠는 개뿔! 그 자식, 나이도 속인 거야!'

어제 밤새도록 놈이 BJ 하는 방송을 몰아서 봤다. 시험 기간에도 이렇게 밤새우지는 않는데, 피곤해서 죽는 줄 알았다. 놈은 사랑꾼답게 실험 대상 여자를 계속 바꿔 댔다. 녀석의 방송을 보는 사람들은 일명 여친이라 불리는 놈의 연애 대상들에 점수까지 매기며 별풍선을 날리기도 하고 질타를 하기도 했다. 실험 대상이 되는 여자애가 예쁘면 예쁠수록, 애교가 많으면 많을수록, 인터넷 방송의 열기는 뜨거워졌다.

손이나 어깨를 잡는 스킬 같은 건 애교에 불과했다. 장난처럼 엉덩이나 무릎을 만지는 변태 짓까지는 코웃음이 나올 정도로 가벼운 것이었다. 공원, 극장, 노래방, 골목, 도서관 등 온갖 장소에서 여자애를 만지는 방법을 전수하는…… 놈은 내가 보기엔 범죄자이자, 데이트 폭력범이었다.

놈이 하는 방송의 엔딩을 보고 나는 오바이트를 할 뻔했다. 어디서 보고 배운 건 있어서 별의별 짓을 다한다. 카메라를 향해 어깨까지 들썩이며 윙크를 날리는 놈의 행동은 파렴치, 그 자체였다.

"내 사랑, 언제나 천국을 보여 줄게요. See ya."

놈의 구역질 쏠리는 멘트에 머리칼을 잡아 뜯었다. 안 그래도 이발한 지 얼마 되지 않아 남은 머리털도 없구먼. 나는 노트북을 소리 나게 닫으며 결심했다.

"네 놈의 천국, 써니한텐 절대로 보여 줄 일 없을 거다!"

나의 외침은 어디까지나 어젯밤에 적용되는 사항이었고 지금은, 써니가 그 녀석에게 가 버리고 없는 위기일발의 상황이었다.

교문 밖으로 쏟아져 나오는 여자애들 틈바구니 그 어디에도 써니의 모습은 보이지 않았다. 휴대전화도 받지 않아 무작정 기다리는 수밖에 없었다. 지나가는 여자애들의 호기심 어린 시선이 반갑지 않았지만 별수 없었다. 이어폰을 끼고 음악 볼륨을 최대치로 높였더니 고막이 찢기는 듯했다. 하지만 지금 내 심정만큼 찢기지는 않겠지. 하필이면 가사 또한 내 심장을 거덜 내기에 딱이었다.

♬ 왜 내 맘을 흔드는 건데~ 되고파 너의 오빠, 너를 향한 나의 마음을 왜 몰라~.

눈을 질끈 감았는데도 별이 보였다. 그러게, 넌 왜 내 맘을 흔드냐? 왜 모르냐? 이 노래가 내 휴대전화에 담긴 것 역시 써니 때문이었다. 집으로 가는 버스에서 방탄소년단 노래를 듣는 게 좋다는 그 말 한마디에 내 휴대전화에 저장된 음악 파일은 온통 방탄소년단 노래뿐이었다.

"윤재서, 여기서 뭐 하나? 선희 청소까지 땡땡이치고 갔는데."

중학교 동창 민아였다. 호시탐탐 나를 노리기도 한 여자애였다. 민아랑은 중학교 2학년 때, 딱 일주일 사귀었다. 써니에게 자꾸만 내 마음이 빠져들고 있는 걸 어쩌지 못해 허락한 교제였다. 그리고 피자를 먹다가 실수로 방귀를 뀐 것이 계기가 되어 일주일 만에 헤어졌다. 서로 긴장감이 없는 관계라는 게 이별의 발단이었다. 한마디로 해프닝 같은 연애였다.

"써니 어디로 갔는지 혹시 아냐?"

"야. 윤재서, 넌 날 좀 띄엄띄엄 보더라."

"뭐?"

민아가 내 허리를 양손으로 잡더니, 내 몸통을 찻길 건너편으로 돌려세웠다. 애는, 애는 이렇게 호시탐탐 늘 내 몸뚱이까지 노린다.

"저쪽이야. 길 건너 상가 쪽으로 사라졌어."

"고맙다."

나는 감사의 표시로 민아의 통통한 볼을 손으로 쭉 잡아당겼다. "아얏." 하는 비명 소리와 함께 민아가 욕설을 내뱉었다. 여자애 입에서 나오는 소리치고는 너무 스펙터클했다. 써니를 향해 달리는데 뒤에서 민아가 외쳤다.

"야, 윤재서! 아무리 좋아도 무단 횡단이나 일방통행은 절대 안 돼!"

달리면서 나는 소리 내어 웃고 말았다.

세상에 믿을 사람 없다는 말이 아주 틀린 말이 아니었나 보다. 민아 말대로 써니가 향했다는 상가 건물을 몽땅 뒤졌지만, 써니 그림자는커녕 냄새도 못 맡았다. 길 잃은 수캐처럼 이리저리 하염없이 걷다가 집으로 방향을 틀었다. 우울한 기분을 달래려고 거리의 간판을 따라 읽었다. 랩을 하듯, 리듬을 타며 흥겹게.

"야, 넌 랩은 아니라고 내가 몇 번을 말했니?"

집 앞에서 써니가 나를 기다리고 있었다. 가로등 아래, 그 애는 귀신 같았다. 머리는 풀어 헤쳐 갖고는 헤헤거리며 날 보고 웃었다. 마음은 그렇지 않았는데 귀찮은 듯 인상을 구기며 고개를 돌렸다. 써니는 늘 그랬듯이 나에게 쪼르르 달려와 내 팔에 매달린다. 팔에 스치는 써니의 온기에 나는 안도했다.

"똥개처럼 어딜 쏘다녔냐?"

똥개처럼 쏘다닌 건 나인데 불퉁한 소리로 써니에게 잔소리를 했다. 다른 날 같으면 네가 뭔데 잔소리냐고 꽥꽥거렸을 건데, 자꾸 히죽거리는 것이 영 기분 나빴다.

"재서야, 윤재서."

나는 써니가 내 이름을 다정하게 부를 때가 무섭다. 이건 필시 나에게 좋은 일은 아니라는 암시이자 복선이었다. 나는 대꾸하지 않았다. 써니는 내가 대답하거나 말거나였다.

"예행연습이 필요해."

"뭐?"

"예행연습이 필요하다고."

이건 또 무슨 지나가던 똥개가 똥꼬 긁어 대는 소리인가! 상대하지 말고 무시하자고 속으로 나를 채근했지만 바보처럼 나는 되묻고 말았다.

"그래서?"

순진무구한 얼굴로 나를 올려다보는 여자애를 나는 어떻게 해석해야 하나. 써니, 얘는 나에게 개미지옥보다, 늪지대보다 더한 존재다.

"그래서긴. 하면 되지."

"뭘 해?"

애당초 여자애가 원하는 대로 움직일 생각 따윈 없었다.

"너, 나랑 연애해."

심장마비가 온다면 이런 느낌일까. 밥 먹고, 수다 떨고, 가끔씩 욕설도 내뱉고, 껌도 씹던 입으로 나에게 연애하자는 말을 아무렇지 않게 하는 저 입……. 나는 써니의 입을 물끄러미 바라보았다.

어제, 그제 봤던 입술과 다른 입술이 있었다.

"진…… 진짜?"

바보 같은 질문이었다. 써니가 자지러지게 웃었다. 나는 여전히 영문을 모르고 멀뚱히 서 있었다. 써니가 내 가슴팍을 철썩 때렸다. 하나도 아프지 않았다.

"바보야, 당연히 가짜지. 오빠가 내 연애 스킬을 테스트해 보고 통과하면 만나 주겠대."

"……."

밤의 어둠은 어둠이 아니다. 나는 눈앞에 써니를 두고도 써니의 자취를 찾을 수가 없었다. 이토록 암담한 현실이라니!

'나쁜 새끼! 가만두지 않겠어.'

속에서 천불이 났지만 입 밖으로 내뱉을 수는 없었다. 써니가 너무나 밝은 얼굴로 날 올려다보고 있었기 때문이다.

"그러니까 재서야, 나 돕는 셈치고 나랑 연애 연습해. 응?"

주머니에 찔러 넣은 손에 절로 힘이 들어갔다. 주머니 속에서 주먹이 나온다면 나는 써니를 때리고 말 것 같았다. 어금니를 꽉 깨문 채, 나는 써니를 매섭게 노려보았다.

"너…… 너, 진짜 나쁜 년이다."

생각하고 말 것도 없는 제안이었다. 미치광이가 아니고서야 어떻게 저런 부탁을 나에게 한단 말인가? 나는 난생처음으로 써니 앞에서 먼저 등을 돌려 버렸다. 쾅, 있는 힘껏 대문을 닫았다. 돌아보지 않아도 써니가 어떤 표정을 짓는지 늘 알 수 있었지만 오늘은, 지금은, 써니가 어떤 얼굴로 내 등 뒤에 서 있는지 떠오르지 않았다. 그래서 다행이라고 나는 애써 나 자신을 위로했다.

일주일째다. 써니도, 나도 서로에게 연락하지 않았다. 나야 열 받아서 한 행동을 금방 후회하고 말았다 치지만, 써니는 해도 해도 너무했다.

"아이 씨, 계집애. 자기가 뭘 잘했다고!"

마음속으로 생각한다는 것이 입 밖으로 튀어나오고 말았다. 정적이 흐르고 교실 안, 아이들의 시선이 나에게 꽂혔다.

"그렇지! 점순이. 이 계집애 뭘 잘했다고 사나이 간을 보냐, 간을! 근데 윤재서, 너는 뭔데 내가 설명할 부분에 끼어드냐?"

덕분에 문학의 눈총을 받으며 교실 뒤, 스탠딩 책상으로 쫓겨났다. 나는 애꿎은 교과서에 낙서를 했다. 「봄봄」, 그래 계절은 봄이다. 문학은 김유정의 소설 제목이 의미하는 것이 청춘 남녀의 사랑이라고 했다. 사랑은 개뿔! 교과서가 거짓말을 하다니. 앞으로 문학책은 보고 싶지 않았다.

"고민 그만해. 네가 이렇게 고민한다고 너의 귀염둥이가 아냐? 존심이고 뭐고 그냥 가짜 연애라도 해. 해서 마음 바꿔 버려."

기태가 곁에 와서 온종일 속살거렸다. 헛소리 말라고 소리는 쳤지만 나도 내 마음을 알 수가 없었다. 어떤 결정을 내리는 것이 현명한 선택인지 도통 모르겠다.

　하루가 어떻게 흘러갔는지 온종일 정신이 멍했다. 이제 신경 쓰지 말자, 나와는 상관없는 일이다 했지만 그건 내 이성이 외치는 소리였고 내 감성은 이성을 이길 만큼 고집스러웠다.

　"그래, 자기 전에 딱 한 번뿐이다."

　침대 머리맡에 손을 뻗었다. 어둠 속에 누워 휴대전화로 인터넷에 접속했다. 놈의 최근 방송을 찾았다. 사랑꾼의 모든 것, 예고 영상이 걸렸다. 이를 갈며 놈에게 악다구니를 퍼붓는데 내 귀를 의심케 하는 멘트가 흘러나오고 있었다.

　"기대하시라! 울트라 스펙터클 여친 오디션이 곧 진행될 겁니다. 저, BJ 사랑꾼을 사로잡을 여친의 버라이어티한 각종 연애 기술이 여러분을 기다리고 있습니다!"

　놈의 뒷말은 들을 필요도 없었다. 나는 자리를 박차고 일어섰다. 반바지에 민소매 차림 그대로 집을 뛰쳐나갔다. 자정을 훌쩍 넘긴 시각이었지만 신경 쓸 여유가 없었다. 마당에 쓰러져 있는 자전거를 일으켜 세웠다.

　계절은 봄이었다. 봄밤은 아직 싸늘했다. 골목을 헤치고 도로를 누비며 달리는 봄밤의 질주에 나는 목숨을 걸었다. 춥지 않았다. 온몸이 불타오르는 것 같았다.

　"당장 내려와. 너희 집 앞이야."

턱까지 차오르는 숨을 몰아쉬며 써니에게 전화했다. 사정 같은
건 봐주고 싶지 않았다.

아파트 통로 출입문이 열리고 추리닝 차림의 써니가 내 앞으로
천천히 걸어왔다. 목둘레가 늘어나고 무릎 부분이 후줄근한 추리
닝 차림일 뿐인데 달빛에 모습을 드러낸 써니는 어느 때보다 예뻤
다. 그래도 이번만은 내가 먼저 다가가지 않을 것이다. 그런 내 마
음을 읽었는지 써니가 내 앞에 다가왔다. 내 코끝 아래 서서 나를
가만히 올려다보고 있었다.

"야. 윤재서, 지금 시간이 몇 신데……."

"연애해."

"뭐라고?"

자전거 핸들을 움켜쥔 손에 힘이 들어갔다. 나는 단단한 목소리
로 또박또박 내 의사를 써니에게 밝혔다.

"네가 말한 예행연습인지 하는 그 가짜 연애 하자고."

'가짜'라고 말할 때 코끝이 찡했지만 아무것도 아니라고 생각했
다.

"안 한다며, 그딴 거?"

써니가 눈을 동그랗게 뜨고 반문했다. 나는 써니에게 한 걸음 바
싹 다가갔다. 써니는 뒤로 물러서지 않았다. 내 속셈을 꿰뚫어 보
기라도 하려는 듯, 나를 빤히 볼 뿐이었다.

"내가 그딴 거라고 말한 그게…… 네 인생에, 그리고 나한테도

어쩌면 아주 중요한 일이 될 것 같아서."

써니는 대답이 없었다. 나는 써니의 손끝이 향한 곳을 주시했다. 내 예상대로 써니는 티셔츠 밑단을 엄지와 검지로 돌돌 말고 있었다. 써니의 오랜 버릇이었다. 초조하거나 긴장하면 늘상 나오는, 내 눈에 익숙한 행동이었다. 그 작은 행동이 굳었던 내 마음을 살살 풀어 줬다. 피식, 웃음이 나왔다. 왜 웃느냐는 써니의 눈빛 앞에서 나는 결국 무장해제되었다.

"할 거야, 말 거야? 그놈의 예행연습."

빨간 입술이 옴짝거렸다.

"할…… 할 거야. 윤재서, 너랑."

그제야 웃고 마는 써니. 나는 그런 써니의 모습이 좋아서 따라 웃었다. 그리고 괜한 심통에 아프지 않게 써니의 이마에 콩, 알밤을 먹였다. 하나도 안 아팠을 거면서 써니가 "아얏!" 하고 외마디 비명을 지르며 엄살을 피웠다.

봄바람이 불었다. 쌀쌀했지만 그래도 아직은 참을 만하다. 밤바람에 작은 꽃잎이 머리 위로 흩어져 내렸다. 내 어깨에 내려앉은 꽃잎을 써니가 후, 입김으로 불어 줬다. 그 애의 입김이 따뜻한 봄밤이다.

참을 인(忍)이 셋이면 살인도 면한다고 했는데, 이건 참을 인이 떼거지로 몰려와도 어림없을 일이었다.

'나쁜 새끼. 진짜 가만 안 둬!'

나는 붉어진 써니의 뺨을 뚫을 기세로 노려보았다. 놈이 써니에게 여친 오디션 운운하면서 인터넷 방송에 출연하지 않으면 만날 일 없다고 통보한 모양이었다.

"남자들은 좋아하는 여자랑 키스하고 그런 거 남들 앞에서 자랑하고 싶어해?"

'야! 정신 차려, 장써니! 어떤 미친 새끼가 만천하에 자기 여친이랑 키스하는 걸 구경 삼아 내돌리냐?'

입을 열었다가는 절제하지 못하고 미친 듯이 욕설을 뿜어 댈 것 같아서 나는 크게 한숨만 쉬었다. 써니는 그런 날 보며 슬금슬금 눈치를 살폈다. 그 꼴 자체가 보기 싫어졌다. 써니에게 두뇌란 것이 있는지 의문이 생길 지경이었다. 여자들은 사랑하면 이토록 앞뒤 분간을 못 하고 맹목적으로 변하나?

"그러니까 그 새, 네 첫사랑 분께서 키스를 능숙하게 잘하는 여자가 좋으시다?"

"아니. 꼭 그렇게 말하지는 않았는데 기왕이면 서툴지 않은 여자애가 낫지 않을까 싶어서."

'미치고 환장하겠네.'

나는 근처 상가 건물로 향했다. 써니가 내 뒤를 졸졸 따라왔다. 얘는 죽었다 깨어나도 지금 내 심정이 어떤지 상상도 못 할 것이다. 멈칫대는 써니의 발걸음이 밉살스러워서 나는 있는 힘껏 써니의 팔을 잡아당겼다. "아얏." 하는 단말마가 그 애 입에서 흘러나왔지만 인정사정 봐주지 않을 거다. 엘리베이터를 기다리는 시간마저 아까웠다. 나는 써니의 손목을 붙잡고 비상구로 향했다.

"여기서 하자."

페인트칠이 벗겨진 벽을 주시하며 최대한 아무 감정이 실리지 않은 목소리를 내려고 애썼다. 벽 모서리에 쳐진 거미줄에는 이름 모를 작은 날벌레들이 꼼짝도 못 하고 걸려들어 있었다.

"뭐…… 뭘 여기서 해? 너, 똑바로 말해. 윤재서."

"키스."

머뭇거리는 써니를 보고 있자니 더 놀리고 싶었다.

"녀석이 어설픈 애는 별로라고 했다며? 그래서 내가 연습 상대가 되어 준다고."

거미줄에 걸려든 날벌레를 향해 거미가 어디선가 제 모습을 드러냈다. 천천히, 여유롭게 움직이는 모습에 나는 마른침을 삼켰다.

"안 되는데……."

첫 키스까지 놈에게 양보할 수는 없었다. 내가 아무리 바보 천치라도 그것까지 내어 준다면 그야말로 내 감정을 쓰레기통에 내던지는 꼴이었다. 잔뜩 긴장한 써니에게 한 발자국 더 가까이 다가섰다. 온갖 전단지가 붙어 있고, 낙서와 발자국이 가득한 벽으로 써니를 밀어붙이는 모양새였다. 차가운 벽에 등이 닿자 써니는 그제야 지금의 상황을 깨달은 것 같았다.

"재서야, 우리 이러면……."

나는 그 애에게 입을 맞췄다. 짜릿했다. 머리 꼭대기부터 발끝까지 전기가 쭉 훑고 지나간 느낌이랄까. 비상구 문이 열리는 소리가 들렸다. 어쩌면 누군가 우리를 지켜보고 있을지도 몰랐다. 짜릿함은 더욱 극에 달했다. 이건 그냥 키스가 아니다. 어디까지나 선전포고였다. 놈에게서 써니를 끝까지 지키고 말겠다는 나의 의지였다.

천천히 입을 떼자, 써니가 고개를 들고 나를 향해 씩 웃었다.

'뭐지, 이 반응은?'

어쩐지 속은 느낌이다. 얘가 방금 전까지 긴장하던 써니가 맞나? 손을 들더니 내 입가에 묻은 침 자국을 닦아 주었다. 나는 내 입가에 맴도는 써니의 손을 저지하며 물었다.

"나, 이제 네 예행연습의 남자 주인공이 된 거냐?"

"응, 그러네."

나는 써니에게서 벗어나 차디찬 벽에 이마를 쿵, 박았다. 정신 좀 차려라, 윤재서! 등 뒤에서 킥킥대는 웃음소리가 경쾌했다. 써니였다. 내 등을 토닥거리는 써니의 작은 손길이 느껴졌다.

"이러지 마! 꺄악!"

내가 할 소리를 누군가 대신 질러 대고 있었다. 깜짝 놀란 써니와 나는 계단 위쪽 난간을 향해 몸을 날렸다. 비상구를 열고 들어온 또 다른 커플이었다.

심상치 않은 분위기였다. 뭔가 벽에 세게 부딪히는 소리가 들렸다. 여자의 비명 소리가 끊이지 않았다. 써니의 몸이 튕겨 나갔다. 애는 꼭 앞뒤 안 가리고 나서는 경향이 있다. 나는 내 앞으로 튀어 나가는 써니를 붙잡았다.

"이거 놔. 소리 안 들려? 저 여자 큰일 나겠어."

"넌 항상 뒤야. 기억해. 내 등 뒤!"

한 계단, 두 계단, 뛰어 올라갔다. 남자가 여자를 때리고 있었다. 말로만 듣던 데이트 폭력을 목격하는 순간이었다. 남자의 발이 넘어진 여자를 향해 날아드는 순간, 나는 남자의 허리를 낚아챘다.

"뭐야, 이 새끼! 안 놔?"

"안 놔요! 뭐 하는 겁니까? 저 여자가 뭘 잘못했다고 이럽니까?"

눈물범벅이 된 여자를 써니가 끌어안았다. 헝클어진 머리칼이며 찢긴 옷매무새, 터진 입술, 어디서 흘렀는지 모를 피가 여자의 손등이며 뺨에 얼룩져 있었다. 한마디로 엉망이었다.

"저 계집애가 나 말고 딴 놈에게 꼬리 쳤어. 내 마음은 나 몰라라 하고 헤어지겠단다! 됐냐? 때릴 이유!"

남자는 분을 못 이겨 씩씩거렸다. 낯선 남자 등에 매달려 이게 다 무슨 일인가 싶었지만 남자의 분노는 쉽사리 가라앉을 성질의 것이 아니었다.

"그래도 여자를 때리는 건 아니죠! 데이트 폭력 몰라요? 이게 사랑하는 사람한테 할 짓이냐고요?"

"너라면 참겠냐? 나 말고 딴 놈한테 간다는 여자를 어서 가십쇼, 하겠냐?"

"……."

나는 대답할 수가 없었다. 솔직히 대답하기 싫었다. 써니가 나를 올려다보고 있었다. 놀란 눈동자를 하고서 나의 대답을 기다리는 듯한 눈망울로 나를 묵묵히 바라보고 있었다.

"아뇨. 못 할 것 같아요. 하지만…… 나라면 잘 보내 줄 거예요. 그래야…… 다시 돌아올 수 있을지도 모르니까."

"병신 새끼. 이거 놔라."

남자의 말대로 나는 병신으로 불려도 딱히 반박할 길이 없었다. 스르륵, 남자를 잡고 있던 손이 맥없이 풀렸다. 다리가 휘청거리려는 것을 참고 발가락에 힘을 꾹 주었다. 남자가 여자에게 향했다. 맞아서 퉁퉁 부은 얼굴을 하고도 여자는 남자가 내민 손을 뿌리치지 않았다. 그 손을 잡고 일어서더니 남자에게 "미안해."라고 속삭였다. 남자는 그런 여자를 향해 보기 좋게 콧방귀를 뀌더니 비상구 통로가 울릴 정도로 여자의 뺨을 후려쳤다. 그 바람에 여자가 휘청거리며 벽에 부딪혔다. 다행히 쓰러지지는 않았다.

"신고해, 이 나쁜 계집애야. 너, 지옥 끝까지 내가 쫓아갈 거야."

남자가 침을 뱉듯 한마디 내뱉고 가 버렸다. 휴대전화를 건네는 써니의 손을 여자가 밀어냈다. 써니는 왜 신고하지 않느냐고 물었다. 그러자 여자는 고개를 가로저었다. 자기를 사랑해서 그런 거라고 대답하는 여자의 말에 나는 눈을 질끈 감아 버렸다. 어디서부터 잘못되고 무엇이 진심인지 가늠할 수 없었다. 사랑이란 감정 앞에 휘둘리는 폭력의 실체를 벗겨 낼 방법을 나는 모른다. 당연한 듯 때리고 당연한 듯 맞는 관계……. 그들은 행복했을까?

다른 것은 몰라도 하나는 분명했다. 써니를 보낼 때 보내더라도 그냥 보내지 않겠다. 철저히 준비시켜서 털끝 하나 다치지 않도록 만반의 준비를 해서 보낼 것이다.

국기에 대한 맹세를 하며 나는 새롭게 각오를 다졌다. 써니는 뜬금없이 웬 국기에 대한 맹세냐고 낄낄댔지만 국기에 대한 맹세는 신성한 것이었다. 태극기를 바라보고 있자니, 써니를 지켜 줄 오늘의 훈련이 나라를 지키는 것과 동급처럼 느껴졌다.

"갑자기 호신술이라니. 너, 웃긴다."

"웃어도 좋으니까 똑바로 배워."

나는 써니의 도복 끈을 질끈 잡아당겼다. 아프다며 살살 하라는 써니에게 나는 엄한 표정을 지어 보였다. 사촌 형이 운영하는 체육관까지 써니를 끌고 오기 위해서 별의별 핑계를 다 댔다. 어떤 설득도 먹히지 않던 써니에게 며칠 전 상가 건물에서의 사건과 연일 뉴스를 장식하는 데이트 폭력 이야기는 공포로 다가왔던 모양이다. 두말 않고 써니는 나를 따라나섰다. 그러면서도 운동이 고된지 툴툴거렸다.

"그런데 윤재서, 내가 왜 이런 개고생을 해야 하는 건데?"

"일생에 한 번쯤은 주먹 쓸 일이 있을지도 모르잖아. 미리미리 대비하는 거지."

"내 옆에는 좋은 남자들뿐인데?"

볼우물까지 만들어 가며 날 보고 방실대는 얼굴이 오늘따라 꼴도 보기 싫었다. 나는 써니를 향해 눈을 치켜떴다.

'얘가, 얘가 못 하는 말이 없네. 네 옆에 좋은 남자가 그놈이냐?'

목구멍 끝까지 이 말이 올라왔지만 침을 꿀꺽 삼켜 버렸다. 내가 써니를 1년 365일 붙어 서서 지킬 수 없다면, 수많은 똥파리들로부터 써니가 자기를 지켜 내는 방법을 가르치는 것이 최선이다.

나는 온갖 경우의 수를 들어가며 써니를 공격했다. 옆에서, 앞에서, 뒤에서, 밑에서, 별의별 이상한 포즈로 써니의 틈을 노렸다. 그때마다 써니는 괴성을 지르며 두서없이 팔과 다리를 휘둘렀다. 물론 방어율은 제로에 가까웠다. 이래서는 놈에게 속절없이 당하기 딱 좋았다.

"야! 오리마냥 꽥꽥대지 말고 진지하게 주먹을 휘둘러 봐. 멱살이라도 잡던지!"

분노가 폭발했다. 하지만 제 몸을 제 의지대로 움직이지 못하는 써니의 답답함에 비할까. 써니 역시 날 향해 악을 썼다.

"윤재서! 나는 뭐 멱살 잡을 줄 몰라서 이러냐? 네가 다 피하니까 이 모양인 거잖아!"

"바보 등신 같은 소릴 해! 남자들이 내 먹살 여깄어요, 하고 잡혀 줄 줄 아냐? 거시기라도 날려 버려!"

마지막 말은 하지 말았어야 했나? 씩씩대던 써니가 입을 꾹 다물더니 시선을 아래로 내렸다. 전신의 피가 얼굴로 확 몰렸다. 나도 모르게 두 손이 내 아래쪽으로 스리슬쩍 내려갔다.

"장써니, 어딜 보냐? 너, 아주 과감하다."

"거시기 날리라며? 날리려면 목표물을 정확히 주시해야 하는 것 아니니?"

"미치겠네. 야! 보지 말고 그냥 감으로 날려."

창밖이 까맣게 물들어 가도록 우리는 몸을 부딪치며 땀을 흘렸다. 입가에 흘러드는 땀이 짭조름했다. 좀 더 강하게 공격해야 하는데, 다리가 풀려 자꾸만 매트 위로 넘어지는 써니를 보고 있자니 나도 더 이상 어쩌지 못했다. 나는 쪼그리고 앉아 쥐가 났다고 엄살을 떠는 써니 다리를 주물러 주었다.

"재서야."

"왜?"

"넌 나한테 항상 좋은 남자지? 아얏! 거기, 왼쪽도 아파."

"이쪽? 나, 좋은 남자 아냐. 남자는 다 똑같으니까 정신 바짝 차려. 첫사랑이니 뭐니도 믿지 말고. 네 감정도, 네 몸도 스스로 지키는 게 최선이야."

"응."

비록 한 음절이었지만 '응.'이라고 대답하는 써니의 목소리가 차돌처럼 단단하게 느껴져서 피식 웃음이 났다. 아주 조금은 안심이 되었다고나 할까.

훈련을 마치고 집으로 돌아가는 길에 쭈쭈바를 사서 입에 물었다. 묻지 않고도 써니는 내가 무슨 맛을 좋아하는지 잘 안다. 배 맛이 나는 쭈쭈바를 내 입에 물려 주었다. 나는 당연하다는 듯 입을 벌리고 써니가 건네는 쭈쭈바를 입에 물었다. 시원했다.

"써니야, 누군가를 좋아하다가 조금이라도 아니다 싶은 마음이 들면 발을 빼도 괜찮아. 네 마음이 잘못된 게 아니야. 알지?"

"알았으니까 그만해. 내 마음은 내가 단속 잘 할 테니까."

'그래라, 제발!'

"위기의 순간에는 어떻게 해야 하는지 기억하지?"

써니가 얼음장같이 찬 손을 내 목덜미에 척 올렸다. 정신이 번쩍 들었다.

"똑똑히 기억해. 급소를 인정사정없이 날린다. 됐니?"

쓰레기통을 뒤지던 고양이 한 마리가 써니의 발차기 동작에 놀라 쓰레기통 위에서 펄쩍 뛰어내려 어둠 속으로 사라졌다.

아드레날린이 많이 분비되면 어떻게 될까? 막 미쳐 버리는 건 아닐까?

햇살 좋은 날 학원에서 보충 수업을 받고 있는 것도 억울한데 내 눈에 들어온 화면 하나가 사람을 죽일 지경으로 몰아갔다. 아드레날린 분비 시, 사람은 전체적으로 흥분하는 경향이 있다. 사람이 놀라거나 위험에 처하거나 극한 상황에 맞닥뜨렸을 때 대처할 수 있도록 몸을 긴장시켜 주는 역할을 하는 것이 아드레날린이라고 배웠다. 동공이 확대되고, 손에 땀이 나고, 몸에 소름이 돋고, 머리칼이 서고, 얼굴은 파랗게 질리며 각종 소화 기능과 관련된 장기들의 활동이 위축될 것이다. 그러나 이런 설명은 어디까지나 교과서적인 것이고 내 상태는 '미쳐 버린다'가 딱이다.

〈사랑꾼의 모든 것〉에 써니가 등장했다. 여친 후보 3이란 이름을 달고 출연했다. 하지만 출연자의 인권은 보호받고 있지 못했다. 말이 좋아 여친이지, 여자를 굴비 엮듯 번호를 매겨 놓고 후보니 뭐니 하며 운운하는 것조차 글러 먹은 행태였다. 기행적인 미션을 요구하며 놈은 BJ로서 자신의 입지를 단단히 지키려는 것처럼 보였다.

조용한 자습실에서 들키지 않으려고 이어폰까지 교묘하게 이어서 휴대전화 영상을 지켜보았다. 날은 초여름으로 접어들어 한낮에는 후덥지근했다. 이어폰 선을 숨기기 위해 긴팔까지 입고 옷소매 사이로 이어폰을 연결했다. 땀이 등짝에 흥건했지만 그딴 건 중요하지 않았다.

"야! 그걸 왜 마셔!"

외치지 말았어야 했다. 자습을 하던 아이들의 시선이 나에게 쏠렸다. 나는 자리를 박차고 밖으로 나왔다. 수학 선생이 보강이 있는데 어딜 가냐고 고래고래 소리를 질렀지만 달음박질을 멈출 수 없었다. 〈사랑꾼의 모든 것〉은 예고대로 생방송이었다. 지금 녀석이 써니를 데리고 온갖 장난질을 칠 예정인 것이다. 수학 보강 한 번으로 인생이 바뀌리라 믿을 만큼 나는 순진한 열일곱이 아니다. 미적분을 눈으로 푼다고 한들, 오랜 친구 써니를 잃는 것보다, 새로운 감정을 갖게 된 써니를 지키는 것보다 중요할까. 내 믿음은 그런 것이었다. 써니는 그 어떤 수학 공식으로도 계산될 수 없는 존재였다, 나에게는.

"진심이면 이거 마셔."

BJ 놈이 써니에게 건넨 말은 최악이었다. 자기를 좋아하는 마음이 진심이면 향수를 마시라니……. 그딴 거지 같은 미션은 누구 머리에서 나온 것인지 기가 막혔다.

"네가 꽃 같은 아이라서 플로랄 계열 향수를 주는 거야."

한마디로 꽃 같은 소리 하고 있네! 내가 본 마지막 화면은 향수를 손에 들고 머뭇거리는 써니의 얼굴이었다. 당혹감과 의구심, 그러면서도 제가 좋아한 놈에게 자기 마음을 시험당하고 싶지 않다는 고집스러움이 교차하는 표정이었다. 아무래도 마실 것 같았다.

'이 바보야, 그거 마시면 죽어!'

달리면서 나는 수없이 외쳤다. 다시 써니를 만났을 때 그 애 입에서 꽃향기가 나면 돌아 버릴 것만 같았다. 나는 사랑이란 허울 아래, 좋아한다는 감정을 앞세워 상대방에게 가하는 모든 형태의 폭력에 저주를 퍼부었다. 목적지도 모르고 무작정 달리는데 기태에게서 전화가 왔다.

"옥상이야. K타워 상가 건물 옥상!"

"오케이! 이 원수 꼭 갚을게."

역시 기태는 장래 희망에 '스파이'라고 적을 자격이 있는 애였다. K타워 상가로 달려갔다. 한번 올라간 엘리베이터는 내려올 줄 몰랐다. 계단으로 달려 올라가기 시작했다. 심장이 입 밖으로 튀어나올 만큼 숨이 찼지만 내 숨 따위야 무슨 상관이랴.

"써니야!"

옥상 문을 향해 돌진했다. 옥상 문이 잠겨 열리지 않았다. 나는 성난 황소처럼 온몸을 부딪쳐 잠긴 문을 향해 돌진했다. 그러나 남자 주인공의 박진감 넘치는 돌진에 문이 부서지는 것은 영화나 드라마에서 있는 일이고, 나는 보기 좋게 바닥에 나동그라졌다. 어깨뼈가 어긋난 듯한 통증이 몰려왔다. 비명을 지르고 말 것도 없이 문 너머에서 써니의 악다구니가 들려왔다. 혼비백산이 따로 없었다. 건물 옥상으로 올라오기 전에 경비실에 들르길 잘했다. 때맞춰 건물 경비원 아저씨가 옥상 열쇠를 갖고 올라왔다.

"아니, 어떤 놈이 옥상 문을 따고 들어간 거야?"

경비 아저씨는 입에 거품을 물고 화를 냈다. 문을 여는 찰나에 경비 일의 어려움을 호소하는 것도 잊지 않았다. 문이 열리자, 휴대전화 카메라를 들고 써니를 촬영하는 놈이 보였다. 향수병이 깨져서 바닥에 나뒹굴고 있었다.

"똑바로 하라고! 나, 좋아한다며!"

놈이 써니의 머리를 후려쳤다. 그 바람에 써니의 단발머리가 엉망으로 헝클어졌다.

"야, 이 새끼야!"

내가 욕설을 내뱉는 사이, 써니는 행동을 실천했다. 눈 깜짝할 사이에 일어난 일이었다. 써니는 놈에게 멱살을 잡히면서도 스스로를 포기하지 않았다. 심야 도장에서 수십 번을 반복 연습하던 거시기 공격을 감행했다. 그 모습에 나는 큰 소리로 웃고 말았다. 비명 대신 야무진 발차기를 선보인 써니였다.

주말 정오의 햇살이 눈부셨다.

경찰서를 나오며 나는 허탈감에 빠졌다. BJ 놈의 처벌이 내 예상과 달리 솜방망이 정도가 아니라, 피해자는 어쩌다 똥 밟은 정도쯤으로 끝내야 하는 수준이었기 때문이다. 인터넷 방송의 선정성, 폭력성 등의 문제가 끊이지 않고 있는 것이 문제라고 온갖 뉴스며 신문에서 떠들어 대면서도 해결 방안은 어디에도 없었다. 영구 방송 정지 처분을 BJ가 받아도 수익성 높은 인기 BJ들에겐 슬그머니 다시 방송할 수 있는 기회가 열린다는 게 현실이었다. 결국 놈은 살아남을 거란 소리였다. 놈을 신고하고도 의문의 1패를 당한 기분에 마음 한구석이 찝찝했다. 그래도 내 곁에서 무사한 써니를 보니 안심이 되었다.

제 잘못은 아는지 나랑 걸을 때면 언제나 앞장서서 걷던 애가 웬일인지 내 뒤만 졸졸 따라온다. 집으로 가는 길, 구역질을 하더니 결국에는 오바이트를 하고 말았다.

"아, 진짜! 가지가지 한다, 장써니!"

큰소리는 냈지만 약국으로 달려가 가글을 사서 입을 헹구게 하고 약까지 사 먹였다. 가는 내내 헛구역질을 하는 바람에 길 가던 사람들 몇몇이 우리 둘을 묘한 시선으로 쳐다보기도 했다.

더 험한 꼴을 안 당했으니 괜찮다고 써니를 위로해야 했지만 써니에게서 어울리지도 않는 싸구려 꽃향기가 풍기는 바람에 치솟는 분노를 억누르기는 쉽지 않았다.

"장선희! 너 또 이럴 거야?"

너무 다그치는 감이 없지 않았지만 이번에는 그냥 넘어갈 수 없었다. 두 번 다시 이렇게 심장 쫄깃해지는 경험은 하고 싶지 않다.

"안 그럴 거야."

써니의 눈가에 눈물이 그렁그렁하다. 눈물을 참고 있는 게 역력했다. 지금 써니의 심정을 모르는 것은 아니었지만 오늘은 사정을 안 봐주기로 했다.

다리가 아프네, 심장에 타격이 장난 아니네, 하더니만 결국 우리가 잘 가던 공원의 나무 벤치로 향했다. 가는 길에 속이 불편하다면서 아이스크림까지 먹겠단다. 아주 가지가지로 사람 속을 뒤집어 놓았다.

"야, 윤재서."

"……."

써니가 날 보며 히죽 웃는다. 눈물 가득 고인 눈을 하고서는 웃는 꼴이라니! 이런 표정, 불안한데. 얘는 꼭 이런 표정을 짓고 나서는 폭탄 발언을 종종 일삼았다.

"썸, 어때?"

뒷덜미에 닭살이 오소소 돋았다. 그나마 뒷덜미라 다행이라고 생각하는데 써니는 폭탄 발언을 멈추지 않았다. 아이스크림 덩이가 흙바닥에 툭 떨어졌다. 개미들이 달달한 아이스크림 덩이로 몰려들었다. 뿌리치기 어려운 유혹이었다.

"나랑 썸, 어떠냐고."

이번만은 내 속내를 똑똑히 말해 줘야겠다. 써니가 은근슬쩍 내 곁에 서서는 내 새끼손가락을 꼬옥 잡았다. 못 잡게 확 손가락을 빼 버리려다가 살짝 구부리는 것으로 대신했다. 미련 때문이겠지, 내 손가락 하나 내 마음대로 못 하는 것.

"됐어, 그딴 나쁜 연애 따위."

입 밖으로 튀어나간 목소리가 너무 인정머리 없게 들렸다. 써니가 상처받으면 어쩌지, 하는데 얘가 폭탄 발언을 멈추지 않는다.

"그럼 재서, 너한테 착한 연애는 뭔데?"

날 올려다보는 써니의 동그란 눈망울이 야금야금 내 심장 부위로 다가오고 있었다. 머리 위 버드나무 사이로 불어오는 바람이 시원했다. 손에 들린 소프트 아이스크림이 녹아 손가락 사이로 흘러내렸지만, 아무래도 좋았다.

"의리. 나한테 착한 연애는 의리야."

갑자기 튀어나온 대답이었다. 그래도 무를 수는 없었다. 그게 내 진심이었으니까.

"의리?"

"그래, 의리."

나는 써니 곁에 앉았다. 공원 버드나무 아래, 이 낡은 나무 벤치가 아주 오래도록 기억에 남을 것 같은 날이었다. 우리는 나란히 앞을 바라보았다. 서로 얼굴을 마주 보지 않아도 어떤 표정일지 또렷하게 알 수 있었다. 그게 써니와 나의 시간이 우리에게 약속한 증거다. 우리 둘이 아주 오랜 시간을 함께 잘 지내 왔다는 증거.

공원의 인공 호수 위로 한 무리의 새들이 날았다. 새들의 날갯짓 사이로 햇살이 비껴갔다. 그 햇살이 참 따뜻하겠다, 하는 순간 써니가 나에게 물었다.

"너, 왜 나한테 달려왔어? 나한테 그런 거…… 의리야?"

나는 써니가 무엇을 알고 싶어하는지 안다. 그리고 나는 더 이상 뒤로 물러서지 않으려고 한다.

"응."

짧지만 단단한 나의 대답에 써니가 다시 물었다.

"윤재서, 그게 네 대답 전부야?"

나는 그제야 시선을 돌려 써니의 발끝을 보았다. 여성스럽게 다리 좀 모으고 앉으라고 그렇게 충고했건만 여전했다. 그런데 이상하게도 써니가 다른 느낌이었다. 끈이 풀린 운동화가 신경 쓰였다. 그래도 묶어 주지는 않을 거다. 갑자기 안 하던 행동을 하면 써니는 또 농담처럼 내 마음을 건너뛰려고 할지도 모른다.

"의리 때문에 너한테 달려간 거니까 그런 줄 알아. 그러니까 써니야."

"왜?"

나는 그제야 허리를 숙여 써니의 풀린 운동화 끈에 손을 댄다. 천천히, 하지만 야무지게 풀린 끈을 묶는다.

"내 옆에 딱 붙어 있어."

써니 데이다. 날도 화창하고 바람도 적당하고 마주 보지 않아도 괜찮은 날이다. 썸, 나쁜 연애는 이제 안녕이다.

내 이름을 불러 줘

"엄마…… 엄마…… 내 이름을…… 내 이름을 불러 줘."
어둠과 침묵이 교묘히 어우러진 병실 안에
우리의 숨소리가 어느 때보다 크게 들렸다.
병실 안의 모든 어둠이 유리잔 안으로 스며들었다.

"엄마…… 나는 효자가 아니에요."

정말 그랬다. 나는 효자가 아니었다. 효자 노릇을 한 적도 없었고 효자가 될 기미도 보이지 않는 것이 나, 정란기였다.

손에 들고 있던 0.5리터들이 물을 단숨에 비웠다. 물 삼키는 소리가 병실 안을 메웠다. 순간, 병실이 수족관 같다는 생각을 했다. 의식을 잃은 엄마는 깊은 잠에 빠져 있었다. 갑자기 뒷덜미가 들렸다. 아버지였다.

"불효자가 자랑이다, 이 자식아. 따라 나와."

아버지에게 아직은 나를 의자에서 들어 올릴 만한 힘이 남아 있다는 사실을 깜빡했다.

"여기서 얘기하셔도 되잖아요. 어차피 엄마…… 알아듣지도 못하는데……."

이쯤이면 아버지가 손찌검할 법도 하다. 그러나 아버지는 가볍게 손을 날리지 않았다. 인내심이 남달라서가 아니라 지금의 상황이 아버지에게 불리했기 때문이다. 아버지의 손끝이 부들부들 떨리는 것을 보고 나는 입을 다물었다.

개학을 보름 앞두고 란우가 집을 완전히 떠났다. 나와 달리, 예의 바른 녀석이니 인사라도 하고 떠났으면 좋았을 것을 그냥, 말도 없이, 갑작스럽게, 횡하니 떠나 버렸다. 정말 감쪽같이 사라져 버렸다. 액션스쿨 시험을 위해 거금을 들여 준비한 MTB 엘파마 로사 520이 엿 바꿔 먹을 수도 없을 지경의 고철이 되어 돌아온 것을 보고, 우리는 란우가 완전히 우리 곁을 떠났음을 실감했다.

"정란기, 너 진짜 이러기냐?"

아버지의 음성은 아버지의 손끝만큼이나 심하게 떨리고 있었다. 제6병동 휴게실에서 한 무리의 사람들이 연속극에 빠져 있었다. 울고불고하는 중년 여배우의 모습을 힐끗 보며, 내가 크고 작은 사고를 칠 때마다 나에게 소리를 질러 대던 엄마의 모습을 떠올려 보려고 애썼다. 머릿속에는 식물처럼 잠들어 있는 엄마의 파리한 낯빛뿐이었다.

아버지는 설득, 타협, 협상, 거래와 같은 단어에 적합한 사람이 아니었다. 란우의 장례식을 치르고 엄마가 의식을 잃고 쓰러져 버리자 그 모든 사건의 화살을 나에게 돌렸다.

"엄마가 일어나기 위해선 네가 연기를 해야겠다."

연기자가 되는 것은 나의 오랜 꿈이었다. 문제는 아버지가 생각하는 연기자와 내가 생각하는 연기자의 성격이 다르다는 점에 있었다. 뛰고 구르고 점프하고 가능하면 날아다닐 수도 있는 액션 스턴트맨이 되는 것이 내가 생각하는 연기자라면, 아버지는 의식을 찾지 못하는 엄마를 위해 내가 '정란기'가 아닌 죽은 나의 2분 형 '정란우'가 되는 것이었다.

"뭐가 문제야? 네가 그렇게 하고 싶다던 연기가 아니냐!"

묵묵부답인 내 태도에 부아가 치민 아버지는 결국 큰소리를 내고 말았다.

휴게실에서 텔레비전을 보던 몇몇 사람이 아버지를 돌아보았다. 다른 때 같으면 쑥스러운 표정을 지으며 정중히 고개를 숙여 사과했을 아버지가 안하무인처럼 사람들의 시선을 무시하고 나를 쏘아보았다. 우리 가까이에 앉아 있던, 다리에 깁스한 남자가 "아드님이 연기 지망생인가 봐요?" 하고 물었다. 아버지가 대꾸도 않는 통에 머쓱해진 남자는 자리를 뜨려다가 목발을 놓쳐 버렸다. 아버지는 내게 란우처럼 움직이고 느끼고 연기하라고 악을 쓰고 싶었을지도 모르겠다.

"아버진 내가 어떤 배우가 되고 싶은지 모르죠? 관심도 없죠? 하긴…… 난 란우가 아니니 관심 가질 필요도 없었겠죠."

유치한 투정이었다. 애당초 부모의 관심을 크게 기대하지도 않았다. 나는 란우가 아니었으니까.

"너…… 너, 이러면 못써. 의사 선생님 말씀, 너도 들었잖니? 엄마, 일어날 의욕만 생기면 당장에라도 제정신으로 돌아올 수 있어."

"하지만 난 란우가 아니잖아요. 난 형이 아니라고요! 아버진 지금 나보고 나 자신을 버리라는 거예요?"

"이기적인 놈."

나를 빤히 보는 아버지의 절박하고도 잔인한 시선을 나는 견뎌 낸다. 입 밖으로 내지 않아도 아버지가 나에게 건넬 말의 내용은 짐작 가능했다.

'난들 이러고 싶냐? 저렇게 정신줄 놓고 있는 네 엄마는 살려 놓고 봐야 할 것 아니냐!'

나에게 죽은 형의 역할을 부탁하는, 아니 강요하는 아버지의 잔인한 시선을 나는 온몸으로 받아 내야만 했다.

"넌 란우랑 똑같잖아. 똑같은 얼굴, 똑같은 목소리, 똑같은 체격. 그 누가 너보다 란우랑 같을 수가 있겠니?"

아버지 말대로 나는 란우랑 똑같은 얼굴, 헷갈리는 목소리, 비슷한 체격을 가졌다. 우리는 일란성 쌍둥이였다. 그러나 아버지가 간과한 사실이 하나 있었다. 우리는 다른 취향, 다른 꿈, 다른 입맛,

다른 분위기, 다른 말버릇, 다른 스타일을 고수했다. 이것들이 란우인 척 연기하기를 바라는 아버지를 실망시킬 수 있다는 것을 나는 알고 있었다. 솔직히 나는 란우가 되는 일이 꺼림칙했다. 내가 어디론가 증발해 버려야 할 것만 같은 기분에 서글픔이 몰려들었다. 유도, 검도, 수영으로 다져진 단단한 가슴팍 근육을 뚫고 자꾸만 감당할 수 없는 우울함이 스며들었다. 처음부터 내가 살기를 바라지 않았던 것은 아닐까?

검은 상복을 입던 날을 기억한다. 엄마가 슬픔을 이기지 못한 채 의식을 잃었고, 아버지는 꾸역꾸역 참고 있던 눈물을 터트리며 엄마를 안아 들었다. 나는 소식을 듣고 찾아온 문상객을 홀로 맞았다. 영정 사진 속에서 웃고 있는 란우에게 묵념한 후, 나에게 다가와 위로의 말을 건네려던 몇몇 어른들은 소스라치게 놀라고는 했다. 더러는 영정 사진 속의 란우와 상복 차림의 나를 번갈아 손가락으로 가리키며 "너, 너는……." 하고 버벅대는 사람도 있었다. 그들은 우리의 향기를, 분위기를 읽지 못하는 자들이었다.

나와 란우를 눈으로만 읽는 사람들은 얼마든지 속일 수가 있었다. 수학이라면 자다가도 경기를 일으키는 나를 위해 수학 보충 수업 시간 때 반을 바꿔 준 란우를 못 알아보고 "실력이 엄청 많이 늘었네." 따위의 말을 건네는 수학 선생 같은 사람을 속이기는 쉬웠다. 그러나 엄마를 속일 수 있을까?

나는 두려웠다. 엄마가 영정 사진 속의 란우와 상복 차림의 나를 분간하지 못하는 사람들처럼, 수학 선생처럼 내 얼굴을 보고 "란우야." 하고 죽은 형의 이름을 부를까 봐 겁이 났다.

"나쁜 자식. 엄마가 저 지경인데도……."

아버지는 그동안 내가 알던 사람이 아니었다. 내 감정쯤은 깡그리 쓰레기통에 던져 버릴 수 있다는 듯 행동하고 있었다.

"엄마가 제정신이 아닌 게, 제 탓이에요?"

주워 담아야 할 말이라는 걸 알았지만 이미 늦었다. 아버지는 나를 향해 또박또박 자신의 속엣말을 게워 냈다.

"네가 그 빌어먹을 것만 안 끌고 왔어도 이런 지옥 같은 일은 없었어."

아버지는 하지 말았어야 했다, 마지막 말을. 텔레비전 화면에서 남편과 바람난 비서가 본처의 딸을 계단에서 밀었다. 딸은 혼수상태에 빠졌다. 드라마에 심취해 있던 사람들이 "저런, 저런. 나쁜년." 한결같은 소리를 내뱉었다. 나의 가슴팍은 언제나 철갑을 두른 것처럼 든든했는데, 아버지의 한마디에 단단한 가슴팍이 물러지고 내 속은 금세 지옥이 되어 버렸다. 나는 끝이 보이지 않는 계단을 구르는 기분이었다.

몇 번이고 거울을 본다. 아무렇지 않은 척, 입으로 후 바람을 불어 앞머리를 날려 보지만 어색한 기분은 쉽사리 사그라지지 않았다.

"아깝다, 사랑스럽기 짝이 없는 베이비펌이었는데. 란기, 너 베이비펌 처음 한 날 내가 홀딱 반해서 고백할 뻔했잖아. 크크크."

강도준은 이래서 좋았다. 어떤 상황에서라도, 어떤 더러운 기분에서라도 나를 구원해 줄 것 같은 기분이 들게 만드는 녀석. 무겁고 어둡고 괴로운 것들이여 안녕. 강도준과 함께라면 언제든지 가벼운 마음으로 살아갈 수 있었다.

머리 모양은 평범한 직모로 바뀌었다. 란우는 가르마 없이 눈썹 위로 앞머리를 가지런히 내린 스타일을 선호했다. 그것도 모의시험 석차가 전교 1등에서 7등으로 내려가기 전의 일이었다. 석차가 떨어졌다고 녀석은 반 삭발을 감행했었다. 나로서는 이해할 수 없는 행동이었다. 그깟 석차가 뭐라고 오랫동안 기른 머리를 싹둑 잘라 버린단 말인가. 머리칼이 없어졌다고 해서 하루아침에 성적이 저절로 올라가는 것도 아닌데 말이다. 1등이나 7등이나 매한가지로 끝내주게 좋은 성적이 아니던가. 성적표를 들고 우울한 낯빛을 하고 있던 란우에게 나는 가벼운 목소리로 위로했다.

"럭키 세븐. 앞으로 기똥차게 좋은 일만 생길 뻴인데?"

장난 삼아 한 말에 란우는 나를 잡아먹을 듯이 노려보았다. 결국 시비가 붙었고 유치하게 주먹다짐을 했고 스턴트맨을 꿈꾸며 각종 운동을 한 나에게 란우는 한 주먹거리였다. 초등학교 5학년 이후로 우리는 주먹다짐을 한 적이 없었다. 필사적이었다. 한 차례 주먹다짐이 끝난 뒤, 우리는 크게 웃고 말았다. 주먹다짐은 어느덧,

어린 시절 이불 위에서 하던 레슬링 게임으로 변해 있었고, 우리는 오래전의 추억을 온몸으로 더듬고 있었던 것이다.

거울 속에 내가 아닌 정란우가 앉아 있었다. 헤어 제품을 바르는 헤어 디자이너의 손길을 보며 나는 영정 사진 속에서 웃고 있던 란우를 미용실 거울 앞으로 끌어낸다.

엄마가 예전처럼 활기를 찾는 것, 눈을 뜨고 아무 일도 없었던 것처럼 살아가는 것. 그러기 위해서 나는 소중하게 생각했던 베이비펌을 풀고 란우의 머리 모양을 재연해야만 했다.

"정란기, 란우랑 완전히 똑같은데. 도플갱어가 따로 없어."

강도준이 거울 속의 나를 향해 엄지손가락을 추켜올렸다.

"원래 똑같았어, 짜샤. 일란성 쌍둥이한테 도플갱어가 뭐냐? 모욕이다."

진짜 모욕이다. 아버지는 알고 있을까? 나에게 란우 역할을 하길 바란다는 말을 건네는 순간, 나는 진짜 란우의 도플갱어가 되어 버렸다는 사실을 말이다. 아버지에게 나란 존재는 란우의 복제품 정도일까? 그저 란우랑 한 치도 틀리지 않은 복제품…….

"정란기, 나에게 너는 늘 다른 사람이었는걸? 도플갱어라니. 당치 않아. 넌 내 천군만마 중에 9999번째 조랑말과 같은 존재야."

다른 때 같으면 그 따위 비유를 나한테 붙이냐며 발끈했을 텐데, 나는 란우와 똑같은 일란성 쌍둥이도, 란우의 도플갱어도 아닌 강도준의 9999번째 조랑말이라는 말에 가슴이 찌릿했다. 아무리 하찮아도 좋으니, 나는 나를 정란기로 보는 누군가가 절실했다. 란우처럼 머리 모양을 바꾸고 갔을 때 나는 내심 바랐다. 머리 모양은 란우처럼 바뀌었을지언정 엄마가 나를 란기로 봐 주기를 말이다. 어쨌든 나도 엄마의 아들이니까.

엄마는 "넌 란우가 아니야." 하더니 까무러쳤다.

똑같은 얼굴에서 도대체 무엇을 본단 말인가. 왜 엄마는 같은 얼굴에서 란우의 모습만 찾고 보려는 것일까? 아버지는 새로 맡은 역할을 잘하지 못한 나를 질책하듯 매섭게 쏘아봤다. 눈총은 가시가 되어 내 안을 헤집어 놓고 콕콕 찔렀다. 보이는 살갗이라도 찔렀으면 연고라도 바르고 '봐라, 나는 이렇게 상처를 입었다!' 외칠 수도 있으련만.

아버지가 직모로 탈바꿈한 내 뒷머리를 거세게 잡아당겼다.

"아얏!"

고통의 신음을 나는 참으로 멋대가리 없는 단말마로 대신했다.

"아야앗? 지금 비명이 나와? 얼른 가서 확실히 밀고 와, 란우처럼!"

아버지가 나에게 던진 무언의 눈빛은 세상의 어떤 소리보다 볼륨이 크고 확실했다.

'지금 너란 존재가 중요해? 넌…… 살아 있잖아!'

나는 다시 태어나야만 했다, 쓰러진 엄마를 위해서. 또다시 의식을 전등 스위치처럼 간단하게 꺼 버린 엄마를 위해서.

"빡빡 밀어 주세요. 반 삭발로요."

남아 있던 머리칼이 바닥에 떨어졌다. 몸을 둘러싼 흰 가운에도 머리칼이 떨어졌다. 나는 단전 아래 가지런히 모으고 있던 가운 안의 손으로 가운 자락을 툭툭 건드렸다. 흰 가운이 나풀거리며 부풀어 올랐다. 그때와 똑같았다. 란우와 내가 하늘을 날던 그날.

"란기, 오늘 컨디션 좋아. 이 정도라면 다음 영화에 들어갈 수 있겠다. 기합이 단단히 들어갔어. 머리까지 삭발하고."

삭발한 이유를 알면 무술 감독님은 기함할지도 모르겠다. 하지만 나는 햇살 아래 드러난 머리를 손바닥으로 탁탁 두드려 보였다. 이층 난간을 날아, 바닥에 착지하는 동작까지 모든 것이 마음에 들었다. 비록 사타구니가 쓸려 고통스러웠지만, 세상에 고통 없이 얻는 것이 어디 있을까. 온갖 폼을 잡고 하늘을 나는데 이깟 사타구니 고통쯤이야.

"오케이, 의욕 넘치고. 그런데 정란기, 머리카락 덜 깎였다. 삼선이가 귀밑머리에 남았네."

"아하, 이거요? 스턴트계의 날다람쥐가 되겠다는 의미에서 다람쥐 등에 있는 줄무늬를 형상화시켜 봤습니다."

"하하, 녀석. 한 번 더 가자. 다들 준비!"

무술 감독님의 지시에 모두들 와이어 장비를 확인한다. 난간을 밟고 서서, 나는 아래를 내려다본다. 살짝 공포가 밀려올 만한 높이였다.

그때도 그랬다. 내가 무섭다고 하자 란우는 나에게 말했다. E.T가 되는 건 쉬운 일이 아니라고, 용기가 필요하다고 했다. 하늘을 나는 하고 많은 것들 중에 왜 하필 E.T였는지는 기억나지 않는다. 근육 빵빵 슈퍼맨도 있고, 보기에도 폼 나는 슈퍼카를 몰고 다니는 배트맨도 있는데 말이다. 특히 배트맨은 아버지나 엄마한테 통행금지 시간을 제재받지도 않을 텐데 우리는 왜 E.T 피규어에 열광했는지 모르겠다. 재미있는 무언가를 꾸밀 때면 란우는 언제나 내 손을 잡았다.

"함께 나는 거야, 그러니까 괜찮아."

그 말 한마디에 나의 가슴은 울렁거렸다. 우리는 현관문 쪽 난간에서 정원으로 이어지는 난간 위에 보조 바퀴가 달린 작은 자전거를 끌어올렸다. 현관 난간에서 바라보는 마당에는 봄이 오고 있었다. 솜사탕이라면 사족을 못 쓰던 란우가 솜사탕 나무라고 부르던 목련꽃이 활짝 피어 있었다. 솜사탕과 목련 사이에 어떤 상관관계가 있는지 알 수도 없고 앞으로도 알 수 없겠지만, 란우에게도 나에게도 목련꽃은 솜사탕 나무 열매였다. 열어 놓은 창으로 노랫소리가 들려왔다.

"생신 축하합니다, 생신 축하합니다. 사랑하는 할아버~어지, 생신 축하합니다!"

외할아버지의 생신 상에 올린 케이크의 촛불이 꺼지기도 전에 우리는 발을 굴렀고 정원을 향해, 목련의 하얀 꽃송이를 향해 바람을 갈랐다. 등에 매달았던 흰 보자기가—아마도 할아버지의 생일상에 놓으려고 주문한 떡 상자를 감쌌던 보자기였을 거야—근사하게 펼쳐졌다.

그날, 외할아버지는 케이크의 촛불을 끄지 못했다. 구급차를 불러야만 했다. 자전거는 마당 한구석에 헛바퀴만 돌며 험한 꼴로 처박혔고, 란우는 앞니와 팔이 부러졌다. 나는 눈가가 찢어졌고 팔이 부러졌다. 란우는 구급차에 실리는 순간까지도 목에 묶어 놨던 망토—떡집 흰 보자기—를 풀지 않았다. 구급차에 실려서 가는 내내, 우는 나에게 손을 내밀어 잡아 준 것도, 내 눈물을 피 묻은 망토로 닦아 준 것도 정란우, 나의 2분 형이었다.

"어이, 정란기! 뭐 해? 빨리 뛰어!"

액션 큐 사인을 보냈는데도 난간 위에서 꼼짝 않고 서 있는 나를 향해 무술 감독님은 고래고래 소리를 질렀다. 급기야 장난하는 거냐며 아시아의 다람쥐고 뭐고 집어치우라고 야단이다.

지금 내 어깨와 등에는 펄럭일 망토가 없었다. 내가 스턴트맨이 되겠다고 말했을 때, "공부하기 싫어서 발악을 하는 구나." 하고 혀를 찼던 아버지, "뼈만 부러져서 오기만 해 봐. 엄마가 남은 쪽 뼈도 부러뜨려서 스턴트고 뭐고 다 못 하게 할 테니." 하며 엄마는 스턴트의 세계에 입문하는 아들에게 악담을 퍼부었다. 아버지, 엄마를 대신해 란우는 저축 통장을 깨서 액션스쿨 수강료도 대 주었고—대학 가면 배낭여행 가려고 모아 놓은 여행 경비였다—엄마의 저주 때문이었나? 훈련을 받다가 발목을 다친 나를 부축해 병원에 데려가고 또다시 얼마 남지 않은 통장 잔고를 털어 병원비를 댔다. 목발을 짚고 집으로 돌아가던 길에 나는 란우에게 물었다. 왜 나를 응원하는 거냐고.

"우린 한 몸, 한 영혼이니까."

몸과 영혼은 하나였을지 몰라도 너와 나의 두뇌는 확연한 둘이었다. 전교 톱을 달리는 성적을 당연한 듯 받는 너는 내 꿈이 네 꿈이라고 했다. 그러면서 언젠가 내가 하늘을 날 때, 그래서 하늘의 점이 될 정도로 높이 날게 되더라도 지상에 있는 자신을 향해 손을 꼭 흔들어 달라고 했다. 그러나 나는 란우에게 손을 흔들어 줄 기회를 갖지 못했다.

스턴트다, 뭐다 해서 연습용 자전거를 빌려 갖고 오지만 않았어도, 아니 고장 난 브레이크를 고쳤더라면, 브레이크가 고장 났다고 란우에게 미리 귀띔이라도 해 줬더라면 란우가 사고를 당하는 일은 없었겠지. 엄마가 의식을 잃고 병원에 누워 있는 일도 없었겠지. 나는 여전히 정란기로 살았겠지. 정란우가 되기 위해 애쓰는 일도, 정란우가 되기 싫어 혼란스러워하는 일도, 아버지와 엄마가 두 번 다시 나를 가슴에 품어 줄 일은 없을 거라는 뭐라고 형언할수 없는 감정 앞에서 머뭇거리는 일도 없었겠지.

나는 난간 아래로 내려섰다.

"뭐 하는 거야? 장난하나? 정란기!"

나는 더 이상 정란기가 아니다. 오른손을 들어 빡빡 깎은 머리를 손으로 쓸었다. 까슬까슬한 느낌이 낯설었다. 초등학교 5학년을 지나며 자전거 경주, 수영 시합, 태권도 대련, 검도 대련. 체력으로 붙는 모든 시합에서 나에게 진 란우는 "앞으로 자전거 앞자리는 네 거야."라며 웃어 주었다.

"엄마가 싫어할 거야."

"정란기, 걱정 마. 쌍둥이 좋은 점이 뭔데? 공부는 내가 맡을 테니, 넌 네가 하고 싶은 운동을 맡아. 그리고 엄마는 싫어하는 게 아니라, 네가 걱정되는 거야."

"이럴 때는 진짜 형같이 군단 말이야. 고작 2분 먼저 태어나 놓고서 말이지."

나는 미련 없이 몸에 감긴 와이어 장치를 풀었다. 화가 난 무술 감독님이 달려와 다짜고짜 호통을 쳤다.

"뭐 하는 짓이야? 훈련하다 말고 멋대로. 스턴트계의 다람쥐라더니. 정란기! 대답 안 해?"

90도로 정중히 인사했다. 고개를 숙이는데 체내에 있는 수분이 모두 눈가로 몰리는 느낌이 들었다. 젠장, 한 방울이라도 눈에서 떨어졌다가는 스타일 구기는데……. 이건 나, 정란기 스타일이 아니란 말이야! 땀이라고 우기기도 틀렸다. 땀 흘릴 만큼 본격적인 훈련을 시작도 안 했으니까.

"안녕히 계십시요! 저…… 정란기가 아닌 정란웁니다…… 이제부터."

엄마가 집으로 돌아오기 전에 란우의 유품을 정리하기로 했다. 아버지는 란우의 옷가지를 맡았고 나는 란우의 각종 소지품을 처리하기로 했다.

"아버지! 그건 제가 아끼는 배기 바지인데요?"

"쯧쯧, 정신 안 차릴래? 당분간 란우 옷만 입을 텐데, 네 옷을 옷장에 보란 듯이 두란 말이냐?"

실제로 아버지는 란우의 옷가지가 아니라 내 옷가지를 숨기려고 박스에 차곡차곡 집어넣고 있었다. 결국 아버지와 나는 내 물건을 엄마의 눈앞에서 치워 버리는 작업을 하는 셈이었다. 아버지의 손길은 거침없었다. 가방이나 책 같은 소지품은 상관없다고 치지만, 앨범을 두고서 나는 혼란스러웠다.

정란기, 정란우. 저마다의 이름이 적힌 앨범을 나란히 놓고 앉아 나는 한 장씩 천천히 넘겨 보았다. 같은 얼굴의 다른 표정을 짓고 있는 우리, 손가락에 불이 들어오는 E.T 피규어를 들고 선 우리. 사진첩 표지에 붙여 놓은 견출지를 손톱으로 살살 긁어 떼어 냈다. 내 이름 석 자가 적힌 이름표를 란우의 앨범 표지에 붙였다. 내 손톱 끝에서 뭉그러진 란우의 이름표를 나는 아무렇지 않게 조각내어 쓰레기통에 버려 버렸다.

드르르륵, 드르르륵.

양말 통 속에서 들리는 소리였다. 책상 서랍 맨 아래 칸을 양말 통으로 쓰는 나와 달리, 란우는 대바구니로 만든 양말 통을 사용했다. 대바구니 뚜껑을 열자, 한 꾸러미의 솜사탕과 함께 란우의 휴대전화가 눈에 들어왔다. 휴대전화를 늘 품속에 품고 다니는 나와는 다르게 란우는 공부할 때는 휴대전화를 진동 모드로 바꿔 놓고 양말 통에 던져 넣었다. 액정 화면에 '청'이라는 글자가 선명하게 떴다. 청이라니?

"여…… 여보세요?"

"란우니? 걱정할까 봐, 전화했어. 그동안 왜 연락이 안 되었니? 괜…… 괜찮지?"

"괜찮……지."

이유는 몰랐다. 란우의 역할을 연습하고 싶었나?

"이제…… 이제 더 이상 우리 집에 오지 않아도 돼. 엄마와 집을 나왔거든. 아빠한테 맞는 일도 없을 거야. 란우야, 듣고 있니? 그동안 도와줘서 고마워."

책상 앞에 껌 딱지처럼 붙어 있던 란우가 왜 밤바람을 맞으러 황급히 나갔는지, 솜사탕을 좋아하는 녀석이긴 했지만, 심하다 싶을 만큼 양말 통 가득 솜사탕을 종류별로 사다가 채워 넣은 이유를 알 것만 같았다.

언젠가 밤 산책을 다녀온 란우가 하얗게 질린 얼굴로 "란기야, 자전거 말고 엄청 빠른 오토바이로 연습할 일은 없는 거니?"라고 물었던 기억이 떠올랐다. 란우의 밤 산책의 실체가 무엇인지 짐작할 수 있었다.

"네가 건네주던 솜사탕, 나한테 큰 위로가 됐어. 고마워, 정란우."

청이라는 여자애에게 솜사탕을 쥐어 주고 돌아서는 란우의 모습을 나는 쉽사리 떠올릴 수 있었다. 아버지의 폭력을 피해 골목으로 도망 나온 여자애와 그 여자애를 위해 밤길을 달렸을 란우. 어두컴컴한 골목길에 숨어 앉아 솜사탕을 청에게 줬을 란우. 솜사탕을 살금살금 뜯어 먹으며, 간혹 포근한 솜사탕 표면에 눈물방울을 떨어뜨려 짙은 자국을 만드는 청이를 바라보며 란우는 무슨 생각을 했을까?

양말 통 가득 남아 있는 솜사탕 중 하나를 꺼냈다. 포장을 찢자, 딸기 맛의 분홍빛 솜사탕이 드러났다. 나는 왼손으로 가볍고 포근한 솜사탕을 뜯어내 입안에 넣었다. 혓바닥에서 사르르 녹는 달콤하면서도 가벼운 맛에 눈이 절로 감겼다.

청…… 네 성은 무엇이니? 심청? 설마…… 만일 그 청이라면 란우, 그 자식 눈이라도 뜨게 해 주면 좋잖아?

휴대전화의 전원 스위치를 눌러 꺼 버렸다. 환한 빛의 액정 화면이 검게 변했다. 액정 화면 위로 란우와 한 치도 다르지 않은 내 모습이 비쳤다.

엄마는 계속 잠을 잤다. 눈을 감고 잠들어 있는 엄마의 곁에서 나는 "엄마, 저 란우예요. 눈 떠 보세요."를 주문처럼 외웠다. 아버지는 흡족해했고 나는 반 삭발로 밀어 버린 머리가 거뭇거뭇하게 올라올 때면 미용실로 달려가 바리캉에 머리를 내맡겼다. 귀밑머리의 삼선 줄 따위도 남기지 않았다. 청이에게서는 더 이상 전화가 오지 않았고 나는 세탁한 양말을 책상의 맨 아래 칸 서랍에 넣지 않았다.

아버지가 나의 연기에 의구심을 품을 무렵, 엄마가 눈을 떴다. 엄마는 이제 더 이상 긴 잠에 빠지지 않았다. 눈을 뜬 엄마는 찬찬히 주위를 둘러보더니, 마지막으로 나와 시선을 마주했다. 유리알처럼 반들거리는 엄마의 눈동자에 나의 얼굴이 떠올랐다. 엄마가 나에게 손을 뻗었다. 뼈마디가 불거진 가녀린 손을 보며 나는 손을 내밀었다. 착각이었을까? 나의 손을 잡는 엄마의 손이 미세하게 떨리고 있었다.

'내…… 내 아들…….'

소리는 들리지 않았지만 엄마의 마른 입술에서 나오는 소리는 분명 그것이었다. 나는 울고 싶어졌다.

'내 아들…… 어떤 아들이요?'

악을 쓰며 묻고 싶었지만 숨을 참을 뿐이었다. 문득 나는 왼손으로 엄마의 손을 꼭 잡고 있음을 깨달았다. 아주 희미하게 나를 향해 웃어 주던 엄마는 다시 눈을 감았다. 어린 시절부터 나는 『잠자는 숲속의 미녀』가 마음에 들지 않았다. 그깟 물레 바늘에 찔렸다고, 그깟 작은 상처 하나로 모든 것을 외면한 채 잠에 빠져드는 여자가 미웠다. 란우는 『잠자는 숲속의 미녀』를 좋아했다. 계집애도 아닌 녀석이 매번 잠자리에 들 때면 엄마에게 『잠자는 숲속의 미녀』를 읽어 달라고 졸라 댔다. 나는 상처 하나도 어쩌지 못하고 잠만 자는 여자애가 꼴도 보기 싫어 베개에 머리를 대자마자 잠이 들고는 했다.

엄마는 미녀가 아니었다. 눈을 떠야만 했다. 그래서 나에게 말도 안 되는 엉터리 연기를 집어치우라고 화를 내야만 했다.

간병인 아주머니도 가고 없는 병실에 엄마와 나, 둘뿐이다. 창밖으로 어둠이 밀려들었다. 주머니에 넣어 둔 휴대전화의 진동음이 울렸다. 허벅지에 와 닿는 진동음이 나를 설레게 했다.

✉ 란기야, 오디션 정말 안 볼 거야? 그동안 연습한 거 아깝지도 않아? 넌 최고의 스턴트맨이 되겠다며?

어둠 속에서 나는 몸을 조금씩 차분히 움직였다. 정란우란 이름 아래에 꽁꽁 묶어 놓았던 고개를 돌려 보고, 어깨 관절을 앞뒤로 움직여 보고, 의자 아래 뻗고 있는 발목을 천천히 돌렸다. 구르고 넘어지면서도 다시 일어나 뛰었던 날들을 나의 관절은, 근육들은 고스란히 기억하고 있었다.

내 사진첩을 창고 깊숙한 곳에 숨기기 위해 들어갔을 때, 나는 오래된 자전거를 발견했다. 외할아버지의 생신날, 란우와 내가 함께 난간을 날았던 그 자전거였다. 짝이 맞지 않은 보조 바퀴를 바라보다가 나는 그 작은 자전거에 엉덩이를 걸쳤다. 자전거에 홀로 앉아 발을 구를 생각도 하지 못하고 한참을 울었다.

다시 날고 싶다고 땀을 흘리며 뛰어 보고 싶다고 온몸이 아우성치는데 나는 침상에 누운 엄마 곁에서 의자를 두 손으로 꼭 움켜쥔 채로 앉아 있었다. 어둠을 뚫고 엄마의 나직한 목소리가 병실 안을 울렸다.

"물…… 물 좀 줄래?"

나는 침대 옆 탁자에 놓인 물병을 들어 유리잔에 따랐다. 유리잔을 엄마에게 건네려는데 엄마가 말했다.

"란우는 왼팔을 다쳤지. 란기는 오른팔을 다쳤고. 그래서…… 그래서 란기는 왼손잡이가 되었어. 보기와는 달리 겁이 많은 애였거든. 다친 팔을 쓰면 잘못될까 봐 전전긍긍했지."

물끄러미 나를 바라보는 엄마의 시선에서 나는 란우의 양말 통에 숨겨 두었던 솜사탕을 찾아냈다. 폭신하고 달콤한 솜사탕이 심장 안으로 들어선 듯했다.

"넌…… 누구니?"

엄마는 나의 왼손을 꼬옥 잡았다. 절대 내 스타일은 아닌데 심장이 덜컹거리고 울렁이더니 흐느낌을 멈출 수가 없었다. 울음이 차고 넘쳐 가슴을 쳤다. 눈을 감고 있는 엄마에게 건넸던 주문 대신 내 속에 채워 두었던 말을 꺼냈다.

"엄마…… 엄마…… 내 이름을…… 내 이름을 불러 줘."

어둠과 침묵이 교묘히 어우러진 병실 안에 우리의 숨소리가 어느 때보다 크게 들렸다. 병실 안의 모든 어둠이 유리잔 안으로 스며들었다.

핫스팟을 켜라

2G 휴대전화를 들고 다닐 때는 빵 셔틀이었고
최신형 4G LTE가 생기면서 빵 셔틀에서 벗어나나 했는데,
그것이 내 발목을 잡을 줄은 몰랐다.

2G에서 4G LTE로 껑충 건너뛰는 것이 아니었다.

여섯 살 때, 엄마가 그랬다. 계단은 하나, 하나 차곡차곡 밟아야 탈이 없는 법이라고. 점프란 것을 한답시고 두세 계단을 한꺼번에 내려가다가 발이 꼬여 허공에 몸을 날린 적이 있었다. 붕, 무릎과 턱이 깨지고 벽에 부딪치면서 아랫입술 밑을 찢어 놓았다. 열다섯이 된 지금도 그날의 상처가 교훈처럼 선명하게 남아 있다.

"박근일, 뭔가 대책이 없을까?"

나는 유일한 나의 단짝 근일이에게 물었다. 근일이는 내 손안의 최신형 4G 휴대전화를 노려보더니 비장한 목소리로 대안을 제시

했다.

"은행을 털어. 지금으로선 그 수밖에 없겠어."

모바일 앱으로 미리 살펴본 휴대전화 요금은 상상을 초월했다. 내가 감당할 수 없는 액수였다.

"그걸 방법이라고 내뱉는 거야? 널 믿은 내가 돌았지."

마음 같아서는 근일이의 목이라도 조르고 싶었지만 나는 그 어떤 폭력도 사양하는 남자다. 폭력이라면 지긋지긋했다.

"야, 강준구! 날 믿어, 믿으라니까 그러네!"

엉터리이긴 했지만 자기를 믿어 보라는 근일이가 조금은 고마웠다. 예전에는 모든 것을 혼자 견뎌 내야만 했다. 이제는, 그나마 근일이라도 있다. 크게 힘이 되는 친구는 아니지만 그래도 완전한 혼자는 아니니까. 나는 은행을 털라는 말은 물론이요, 근일이가 내뱉는 어떤 말도 믿지 않는다.

지금 내 손안에 있는 순백색의 최신형 스마트폰. 나는 내 인생에 평화가 찾아올 줄 알았다. 그래서 이 스마트폰을 보고 웃으며 주문을 외듯 중얼거렸었다.

"이제, 빵 셔틀의 시대는 갔다."

어디에서부터 내 인생이 꼬이기 시작한 것일까? 변기에 앉아 곰곰이 생각해 보았다. 항문에 힘을 주지 않아도 알아서 속의 것이 나온다. 더 이상 나올 것이 없는지 물똥이 계속이다. 답답한 가슴

속까지 밖으로 끌어내렸으면 하지만 답답한 마음 따위가 똥구멍으로 나올 리가 없다.

"공부도 못하는 녀석이 긴장할 일이 뭐가 있다고. 어이구, 내가 못 살아!"

엄마는 내가 받는 스트레스에는 관심이 없었다. 뒤에서 맴도는 성적표로 나의 모든 것을 진단할 뿐이었다. 의사에게서 과민성대장 증후군이라는 진단을 받았다.

쥐어짜듯 마지막 한 방울까지 뽑아내기 위해 나는 힘을 줬다. 식은땀이 흘렸다. 4교시 끝을 알리는 종이 울렸다. 변기에서 엉덩이를 들어야 할 때가 왔다. H의 얼굴이 어른거렸다. 끝이라고 생각했는데, H를 떠올리자 다시 물똥이 시작되었다.

쾅, 쾅, 쾅!

호랑이도 제 말 하면 온다더니! 화장실 문이 당장에라도 부서질 듯 위태롭게 흔들렸다.

"강스팟! 어서 나와. 너, 안에 있는 것 다 알아. 3초 내로 안 나오면 죽는다. 1, 2, 3……."

H였다. 나는 H의 전용 빵 셔틀이었다 녀석은 언제나 천 원짜리 한 장을 쥐어 주며 어떤 날은 디럭스 피자 한 판에 오천 원을 남겨 오라고 했고, 어떤 날은 양념 반, 프라이드 반을 사고 만 원을 남겨 오라고 주문했다. 단 한 번도 물건 값을 제대로 준 적이 없으면서도 거스름돈을 당당히 요구했다.

'H'는 황태호를 가리키는, 근일이와 나만의 암호였다. H=히틀러. 황태호는 우리 반에서 히틀러 같은 존재였다. 바지춤을 추스르기도 전에 녀석이 내 뒷덜미를 낚아챘다.

"너, 내 말이 말 같지 않아? 똥을 싸건, 양호실에 가서 기절을 하건 개인적인 용무는 수업 시간 때 땡겨서 하라고 했지? 강스팟, 쉬는 시간에 네가 할 일이 뭐라고 했지?"

H의 돌덩이 같은 주먹이 내 아랫배를 강타했다. 단전에서 시작한 통증이 손끝, 발끝으로 싸하게 퍼져 나갔다. 가슴속에 숨어 있는 자존심이란 놈이 고개를 들려고 했지만, 어찌된 영문인지 나의 자존심은 통증 앞에서 늘 무용지물이었다.

"핫…… 핫스팟을 켠다."

기어 들어가는 목소리로 H가 원하는 대답을 해 주었다. 오줌을 싸러 온 몇몇 녀석이 소변기 앞에 서서 흘끔거리며 어깨 너머 나를 쳐다보았다.

"내가 부를 때 항상 대기하라고 했어, 안 했어? 어?"

"배가 아파서……."

아랫배를 움켜쥐며 말끝을 흐렸다. 독사 같은 H의 눈이 나를 한입에 집어삼킬 듯 노려보았다.

"핫스팟이 배가 왜 아파? 강준구, 넌 인간 공유기야. 무선 AP가 똥을 왜 싸!"

반에서 나는 사람이 아니었다. 2G 휴대전화를 들고 다닐 때는 빵 셔틀이었고 최신형 4G LTE가 생기면서 빵 셔틀에서 벗어나나 했는데, 그것이 내 발목을 잡을 줄은 몰랐다. 이제 나는 H 무리에 게 인간 안테나였다.

교실로 들어서자, H 무리가 내 주위를 에워쌌다. 모르는 누군가 가 본다면 내가 우리 반 최고 인기 남이라도 되는 줄 알았을 거다. H는 내 손에서 휴대전화를 빼앗아 갔다.

"이 새끼가! 장난하나. 누가 내 허락도 없이 락 걸래? 강스팟, 너 이 세상 굿바이하고 싶어?"

"1225."

"1225? 뭐야?"

"내 생일."

내 대답을 들더니 H가 피식거렸다. 내 휴대전화를 자신의 것인 양 만지작거리는 H의 손끝을 주시하면서 나는 녀석 무리들이 비아 냥대는 소리를 가만히 듣고만 있었다.

"강스팟, 웃기서. 예수님이셔? 성탄절에 탄생하시고."

말을 마치기가 무섭게 H가 고갯짓을 했다. 소리 내지 않고 입 모 양으로 나에게 명령한다.

'변신!'

휴대전화를 두 손으로 받쳐 들고 머리 위로 올린다. 왼 다리를 들어서 오른쪽 허벅지에 갖다 붙인다. 일명 인간 핫스팟 자세라는 거다. H는 나에게 핫스팟을 켜는 인간 안테나가 돼라는 명령과 함께, 자신이 휴대전화로 인터넷을 하는 동안 꼼짝도 하지 말라는 지시를 내렸다. 나는 핫스팟을 켜는 순간부터 무생물이 된다. 처음에는 굴욕적이었다. 화도 났다. 대들었다가 죽도록 맞기도 했다. 그러다가 모든 것이 귀찮아졌다. 그리고 나는 손을 허공에 뻗어 핫스팟을 켜고 인간 안테나가 되었다. 이 순간만은 사람이 아니기로 했으니 창피할 것 없다, 치욕이나 굴욕 따위는 느낄 필요도 없다, 하며 수없이 주문을 걸었다.

H가 휴대전화로 웹툰을 보기 시작한다. 책상 위에 다리를 척 올리고 의자를 앞뒤로 까딱거리면서 말이다. 순간, 미친 척하고 발을 뻗어 냅다 H의 의자를 차 버릴까 생각했다. 뒤로 쫘당 하고 넘어지는 녀석의 꼴을 내려다본다면 그것만큼 통쾌한 일도 없을 것인데…….

"황태호, 준구가 예수님이나 다름없지. 맨날 핫스팟 켜는 탓에 준구 휴대전화 요금이 얼마나 나올지……. 그건 너희들한테는 하루하루가 크리스마스이고, 신의 축복이나 다름없는 거 아냐?"

근일이의 말이 끝나기가 무섭게 H의 주먹이 허공을 갈랐다.

붕, 쉭쉭, 붕, 쉭쉭.

내가 H의 인간 공유기라면 근일이는 H의 답안지이자, 인간 샌드백이었다. 우리가 속칭 H의 밥이 된 데에는 특별난 이유가 없었다. 실제로 H는 나를 일 년 넘게 빵 셔틀로 돌리고 근일이를 동네북인 양 두들겨 대고 이런 말을 했었다.

"내가 왜 너희한테 이러는지 모르겠지?"

"……."

그래, 진짜 몰랐다. H가 대체 무슨 심보로 나와 근일을 오락 거리인 양 괴롭히는지 알 수가 없었다.

"머리 굴려 봐야 내가 왜 이러는지 평생 알 수 없을 거다."

"왜…… 왜에?"

나는 용기를 내어 H에게 물었다. H의 짙은 눈썹이 씰룩거리더니 미간이 일그러졌다. 녀석이 바닥에 침을 찍 뱉더니 아주 천천히 대답해 줬다.

"나도 모르겠거든. 내가 왜 널 괴롭히고 싶은지."

녀석의 사악한 미소가 갑자기 서글프게 느껴졌다. 누군가 나에게 왜 슬프냐고 묻는다면 나도 H처럼 '나도 모르겠다.'라고 대답할 수밖에 없었다. 그냥, 그냥 당하는 나와 근일이나 자기가 왜 괴롭히는지 이유도 모르는 H나 다 똑같은 인간이라는 느낌 때문이었을까. 폭력에는 이유가 없었다. 그러나 이것 하나만은 알고 있었다. 근일이와 내가 H의 밥이 된 이유는 명확했다. 근일이는 너무 나댔다는 것이고, 나는 지나치게 조용했다는 것.

버스 뒷자리에 앉아, 노을 지는 창밖을 주시했다. 강 너머 빌딩 숲 사이로 노랑, 주황, 붉은빛이 보랏빛과 한데 뒤섞였다. 뒷자리 오른쪽 창가에 앉아 있는 근일이가 연신 왼쪽 뺨을 문질렀다. 근일의 뺨은 붉게 물들어 있었다. 조만간 울긋불긋 물들다가 창밖의 하늘처럼 총천연색으로 멍들 것이다.

"준구야, 그래도 H는 형평성이 있어. 하루에 한 대만 치잖아. 안 그래?"

나는 가끔 이 자식이 바보가 아닐까 의심이 든다. 상위권의 성적을 유지하고도 평소 보여 주는 행동은 거의 천치에 가까웠다.

"한 번 맞으면 땡이라고? 너, 제정신이야? 내일은? 모레도 계속 한 대씩만 맞으면 된다는 거야?"

주먹질이 폭력의 전부는 아니라는 것을 나는 세상을 향해 악쓰고 싶었다. 악을 쓴다고 한들 달라지는 것이 있을까. 그저 내 옆에 앉은 박근일에게 악을 쓰는 것이 고작이었다.

"야. 강준구, 왜 나한테 성질이야? 네가 얻어맞은 것도 아니잖아."

"주먹질이 폭력의 전부는 아니야."

마음속에 담아 두었던 말이 입 밖으로 터져 나오자 한숨이 절로 쉬어졌다. 뺨을 문지르던 근일이가 손을 툭 무릎으로 떨어뜨렸다. 근일이는 아무 말도 하지 않고 창가 쪽으로 고개를 돌렸다. 나도 창밖을 바라보았다. 노을의 색깔 따위야 아무래도 좋다고 생각했다. 그러나 자꾸만 붉게 물드는 하늘이, 세상이 마음에 들지 않았다.

"강준구, 너도 별수 없잖아. 너도 아무 말 못 하고 매번 당하잖아."

근일이의 차분한 말소리가 버스 안 소음 속에서도 또렷이 들렸다. 나는 유리창에 비친 건너편 근일이의 모습을 주시했다.

"나는…… 그래도 나는 혼자가 아니라, 너랑 함께여서 당해도 참을 수 있다고……."

혼자가 아닌 둘이어서 당하는 것도 참을 수 있다는 이런 바보 같은 말에 나는 어떤 표정을 지어야 할지 몰랐다. 자리에서 일어나 버스 뒷문을 향해 걸어갔다. 우리가 함께 내릴 정류장은 아직 다섯 정거장을 더 가야 했다. 나는 우리가 아닌 혼자, 먼저, 내리기로 결심했다. 버스 정차 벨을 힘껏 눌렀다. 차 벽면에 붙어 있던 정차 벨에 일제히 붉은 불이 들어왔다.

버스에서 내리기 전, 근일이와 눈이 마주쳤다. 녀석은 엉덩이를 들어 나를 따라 내리려다 외면하는 나를 의식하고는 다시 앉았다.

나는 어둠이 내려앉은 버스 정류장에 혼자 섰다. 늘 지나치기만 했던 정류장이었다. 내가 탔던 버스가 떠나갔다. 아주 잠깐 뒷자리의 근일이를 의식했다. 그러나 버스에 끝끝내 시선을 주지 않았다. 괜한 화풀이였다. 근일이가 나에게 빵 셔틀을 시킨 것도, 나를 하찮은 무생물로 만든 것도 아닌데…….

집까지 걸어갈까, 아니면 다음 버스를 탈까 고민하는데 휴대전화가 진동했다. 주머니에 손을 넣어 휴대전화를 꽉 움켜쥐었다. 얼마나 세게 쥐어야 최신식 휴대전화가 산산조각이 날까 궁금해졌다. 잠시 동안 휴대전화를 있는 힘껏 움켜쥐었다. 진동이 멈췄다. 나는 휴대전화를 주머니에서 꺼내 들었다. 근일이의 문자메시지였다.

✉ 버스 타. 고민할 것 같아서…… ✌

진짜 이러고 싶지 않았는데…… 나는 웃고 말았다.

등짝에 불이 붙는 것 같았다. 움츠리지 않으려고 안간힘을 썼지만 자꾸 위축되는 것은 어쩔 수 없었다. 마음속으로는 '내 잘못이 아니야!'라고 외쳤지만 눈앞에서 흔들리는 고지서 앞에서 나는 틀림없는 죄인이었다.

"이 녀석이 미쳤어. 미쳐도 한참 미쳤어!"

엄마가 내 얼굴에 휴대전화 요금 고지서를 내던졌다. 바닥에 떨어진 고지서 내역이 읽혔다. 감당할 수 없는 숫자가 시야에 들어왔다.

"대체 휴대전화로 무슨 짓을 하는 거야? 응!"

"아무 짓도 안 했어! 엄마가 뭘 알아!"

"아무 짓도 안 하는데 요금이 이렇게나 나와?"

내가 하는 짓이라고는 H 무리의 인간 공유기로 변신한 것밖에 없었다. 엄마는 내가 인간 무생물, 인간 안테나와 같은 존재라는 걸 모르겠지? 바보 병신같이 하늘의 계시를 받는 것처럼 팔을 뻗치고 서서 녀석들이 '됐어, 그만.'이라고 할 때까지 벌서는 것도 아니고 그런 자세로 짧게는 몇 십 분, 길게는 한 시간이고 아무 생각 없이 있어야 한다는 사실을 전혀 모르겠지?

"난…… 난 진짜 아무 짓도 하고 싶지 않다고……."

엄마는 내 손을 잡아 주는 대신 내가 어떤 짓을 했는지 똑바로 보라며 요금 고지서를 내 손에 쥐어 주었다. 수십만 원이 나온 종이 쪼가리를 손에 들고 나는 '빠름빠름'이라고 외치던 텔레비전 광고를 떠올렸다. 그리고 내가 얼마나 빠른 시간에 무기력한 인간이 되었는지 곱씹었다.

'그날 모른 척하는 게 맞았어.'

꿇고 앉은 무릎이 저렸다. 엄마는 쉬지 않고 잔소리를 해 댔다. 아빠와 자신이 돈을 버는 목적은 강준구, 네 녀석의 터무니없는 휴대전화 요금을 벌기 위해서가 아니다, 우리 가족의 행복과 안위를 위해 버는 것이다 등등. 엄마는 내 사정을 모르고 있었다. 우리 가족의 행복과 안위를 위해서는 당신의 하나밖에 없는 아들의 학교생활이 평화로워야 한다는 사실을 말이다.

그날, 나는 모른 척했어야 했다. 반 아이들 모두가 최신형 스마트폰을 쓴다고 해도 나는 뚜껑을 여닫는 2G 폴더에 감지덕지했어야만 했다. 몸으로 뛰는 빵 셔틀의 삶이 안락했다는 것을 알았어야만 했다.

"강준구, 구석기 시대 인간이냐? 그 폰은 뭔데? 돌도끼야?"

H의 비웃음 따위는 어차피 하루 이틀이 아니었는데. 간단없이 무시했어야 했다. 그러나 버스 뒷자리에 떨어져 있는 스마트폰은 떨칠 수 없는 유혹이었다. 처음에는 주인을 찾아 줘야겠다고 생각했다. 하지만 이 넓은 서울 하늘 아래, 휴대전화 주인을 찾기란 대

한민국에서 김 서방 찾기, 미국 하늘 아래에서 제임스 찾기나 다름없었다. 팔아서 용돈이라도 썼다면 괜찮았을까. 주인을 찾아 주려고 연락처에 저장된 번호를 하나하나 눌러 봤지만 소용없었다. 휴대전화 주인은 자신의 물건에 애착이 없던지, 아니면 찾기엔 글렀다고 체념한 것인지 전화를 정지시켜 놓았다.

"강준구, 신의 계시야. 너에게도 4G의 세계로 들어서라는 신의 뜻. 그냥 써. H 자식이 이죽거리는 꼴도 이젠 끝이다."

근일이의 말에 나는 흔들렸다. 돌도끼니 뭐니 하며 비아냥거리는 소리도 더 이상 듣기 싫었다. 편하게 학교생활 하라고 신이 내린 물건이 나에게 발견된 스마트폰이 아닐까 하는 확신이 들 정도였다. 순백색의 스마트폰을 손에 들고 나는 평화로운 삶을 꿈꿨다.

"오, 최신형인데? 강준구, 도둑질이라도 한 거야? 2G에서 4G LTE는 너무 과한 오버 페이스 아냐?"

처음 스마트폰을 학교에 갖고 간 날, 아니나 다를까 H가 관심을 보였다. 그리고 압수라며 하늘에서 떨어진 내 폰을 자기 마음대로 가져가 3박 4일 동안 갖고 놀았다. 역시 공짜로 생긴 물건이니 허무하게 빼앗기나 싶었는데 웬일로 녀석이 되돌려주며 말했다.

"난 도둑이 아니니까. 더 재미난 걸 생각했지. 강준구, 넌 이제부터 내 핫스팟이야. 강스팟이 되는 거지. 난 무제한 요금제가 아니니, 네가 수고 좀 해."

H는 어디든 나를 끌고 다녔다. 내가 H의 오른팔이 된 것은 아니

었다. 녀석은 스마트폰 중독자였다. 인터넷 중독자였다. 게임과 웹툰 마니아였다. 나는 H의 손에 휴대전화가 들려 있는 한, 어디서든 "강스팟, 핫스팟을 켜라!"라는 말 한마디면 꼼짝없이 다리 한 짝을 들어 올리고 휴대전화를 두 손으로 공손히 받쳐 든 채 허공으로 팔을 뻗어야만 했다.

목줄만 안 달았을 뿐이지 나는 점점 H의 개가 되는 기분이었다.

"따라와."

H가 볼일을 보는 동안 나는 냄새나는 화장실 칸막이 문 앞에서 그 괴상망측한 자세를 하고 서 있어야만 했다. 나는 그대로 숨이 멎어 버렸으면 하고 바랐다. 화장실에 온 다른 반 애들까지도 나를 보고 킥킥거렸다. 칸막이 안에서 H가 소리쳤다.

"내가 안 본다고 자세 흐트러지면 나가서 죽을 줄 알아, 강스팟."

"……."

주위에서 키득대는 소리가 점점 커졌다.

"어허, 강스팟. 대답 안 하지? 자세 유지!"

"아…… 알았어."

내가 느끼는 굴욕감과 달리 입속의 혀는 잘도 굴러갔다. 보지 않아도 내 얼굴이 얼마나 붉어졌을지 알 수 있었다.

"무선 공유기가 대답을 왜 해! 네가 사람이야?"

화장실 칸막이 안에서 H의 욕설이 흘러나왔다. 아무런 대꾸도 못 하고 시선을 바닥에 고정했다. 정사각형 모양의 타일 바닥이 점점 올라왔다. 나는 있는 힘을 다해 다리에 힘을 주었다. 차라리 화장실 바닥에 붙어 있는 타일 조각이었으면 더 나았으려나 싶었다.

"무선 공유기, 똑바로 서. 흔들거리지 말고."

H 무리 중의 한 명이 오줌을 싸고 씻지도 않은 손으로 내 뺨을 톡톡 건드렸다. 고개를 들어야만 했다. 바닥을 수놓고 있는 사각형의 타일 개수 따위를 세는 짓을 멈춰야만 했다. 그러나 나는 계속 속으로 하나, 둘, 셋, 넷, 다섯…… 열. 또다시 하나, 둘, 셋, 넷, 다섯…… 열.

몸이 점점 뻣뻣하게 굳어 갔다. 더럭 겁이 났다. 나는 진짜 무생물이 되는 것일까? 언제까지 이 짓을 하고 살아야 하는 것일까?

"히히, 이거 완전 재밌는데? 강스팟, 잘하고 있지?"

H의 물음이 신호탄이 되어 나는 공중으로 뻗칠 듯 쭉 편 팔을 내렸다. 감시자처럼 옆에 서 있던 H 무리의 한 명이 내 행동을 일러바쳤다.

"태호야, 강스팟 이 새끼 움직인다!"

화장실 안에서 욕설이 들려왔다. H의 욕설은 또 다른 발화선이 되어 내 심장을 터트렸다. 나는 벌린 다리를 똑바로 하고, 휴대전화를 손에 쥔 채 화장실을 빠져나왔다. 순식간이었다. 바지춤을 채 추스르지 못하고 나온 H가 내 뒷덜미를 낚아챘지만 나는 겁먹지 않았다.

"핫스팟을 켜는 일, 이제 하지 않을 거야."

유연하게 움직이는 내 혓바닥에게 '잘했어.'라고 칭찬을 건네고 싶을 만큼 나는 당당하게 H에게 내 뜻을 알렸다. H의 얼굴이 일그러졌다. 그리고 녀석이 내 복부에 주먹을 내질렀다. 오랜 시간 무선 공유기로 살았던 까닭일까. 통증이 느껴지지 않았다. 나는 있는 힘껏 H를 밀치고 뛰었다.

"강준구, 넌 오늘 잡히면 죽었어!"

악에 받친 H의 목소리도 나를 막지 못했다. 복도 끝, 활짝 열려 있는 창문을 향해 죽을힘을 다해 뛰었다. 팔다리가, 머릿속이, 심장이 내 뜻대로 움직였다. 나는 더 힘껏 팔을 흔들고 다리를 움직였다. 뜨거운 피가 심장으로 몰리는 느낌에 절로 웃음이 나왔다. 창문 밖으로 새파란 하늘이 끝없이 펼쳐져 있었다. 활짝 열린 창문으로 바람이 불어왔다. 나는 바닥을 박차고 점프를 했다.

"강스팟!"

경악에 찬 목소리들이 내 등을 후려쳤다. 그러나 나는 '강스팟'이 아니다. 나는 '강준구'였다.

오른쪽 어깨를 한껏 뒤로 젖혀 손에 쥔 최신형 스마트폰을 창공을 향해 던졌다.

이상한 고백

고백의 순간이다. 나는 본능적으로 알았다.
그 애가 천천히 입을 열어 또박또박, 나에게 말을 건넸다.
나의 두 눈을 똑바로 쏘아보면서.
"길창, 문을 열어 줘."

고백의 순간이다. 나는 본능적으로 알았다. 그 애가 천천히 입을 열었다. 또박또박 나에게 말을 건넸다. 나의 두 눈을 똑바로 쏘아보면서.

"길창, 문을 열어 줘."

이토록 괴상망측한 고백은 처음이었다. 심장이 터질 듯이 뛰었다. 머리끝부터 발끝까지 불이 붙은 것 같았다.

나에게 특별한 능력이 있다는 사실을 알게 된 것은 찡꼬*와 벽주가리** 기술에 성공한 직후였다. 기술에 성공한 순간, 온몸에 전류가 흘렀다. 한 마리 전기뱀장어가 된 것처럼 전신이 짜릿하더니 연체동물처럼 흐느적거렸다. 그리고 문을 보았다.

처음에는 환각을 본 줄 알았다. 잠시뿐이었지만 나는 발을 굴러 점프하는 순간, 기이한 문이 열리는 것을 보았다. 낡고 오래된 문 주위로 나비가 날아들었다. 문 안의 세상이 잘 보이지는 않았다. 문이 열리자 회색 안개가 피어올랐다. 그 빛깔이 주는 음산함에 몸을 떨었다. 곧 안개가 문을 에워싸더니 여자의 울음소리가 들려 왔다. 누군가 그 문을 향해 달려드는 것 같았는데 짙은 안개가 소리도, 문도 뒤덮어 버렸다.

'문을 열어 줘. 너는 이 문의 주인이자, 열쇠.'

환청이라고 하기엔 또렷했다. 며칠 전부터 들리던 소리였다. 몸을 허공에 띄워 파란 하늘을 마주하는 순간, 심장에 채워진 자물쇠가 풀리는 느낌이 들었다. 나는 흙바닥에 그대로 나뒹굴었다. 수수께 끼 같은 말 때문인지 머리가 깨질 듯 아팠다.

"길창, 너 커서 뭐가 될래?"

담임이 들고 있던 출석부로 내 머리를 가격했다. 그냥 때리지 않 고 꼭 출석부를 세로로 세워서 때렸다.

"멀쩡한 교문 놔두고 왜 자꾸 도둑놈처럼 담을 넘나들어! 그래 갖고 머리빡이 깨지겠냐? 자율학습 빼먹고 그딴 짓, 또 할 거야?"

---

* 몸을 말아서 옆으로 공중제비를 도는 동작으로, 바닥을 보지 않고 하늘을 보는 것이 특징이다.
** 벽, 나무, 기둥 등 발을 디딜 수 있는 곳이라면 어디든 가능한 기술이다. 벽을 딛고 뒤로 공중제 비를 돌 때 우아함이 돋보여 인기가 많다.

"야마카시인데요."

"에라이, 자식아! 국사가 필수과목으로 지정되느냐 마느냐 하는 시국에 뭐? 야마……가 어째? 일본 운동은 일본에나 가서 해."

"야마카시 일본 거 아닌데요. 익스트림 스포츠예요."

"어허, 이 녀석이 선생을 놀려? 야마카시, 야마도라, 나카무라! 이래도 일본 게 아니라고?"

담임은 소위 요즘 것들의 의식 없음에 대해 신랄하게 비방했다.

"콩고에서 쓰는 링갈라어예요. '초인, 강한 사람'이란 뜻인데요."

"뭐? 초인? 강한 사람? 너, 이놈 자식. 진짜 강한 사람이 어떤지 보여 주랴?"

흥분한 담임이 콧김을 내뿜으며 출석부를 이리저리 휘둘렀다. 아무리 이러쿵저러쿵 포장해도, 결국 담임이 하고 싶은 말의 핵심은 하나였다.

"고딩에게 있어 강한 사람이 되는 것이란 곧 대학 입시에 성공하는 거다, 알겠냐?"

엉덩이를 의자에 딱 붙이고 앉아 온종일 공부에만 혼신의 힘을 기울여도 입시 전쟁에서 살아남을까 말까인데―이것은 어디까지나 교장 이하 각 과목 선생님들의 신념이다―담벼락만 보면 히죽거리며 점프하고 기어오르고 뛰어넘는 고1짜리를 두고 '어이쿠야, 운동신경이 국가 대표급일세.' '기똥차구먼. 보이지 않는 날개라도 달았나? 공부 따위는 얼른 집어치우게. 자네 엉덩이는 의자와 친구할 엉덩짝이 아닐세.' 같은 감탄사를 내뱉을 사람은 없을 것이다.

　운동장의 철제 난간은 흥미로운 놀잇감이었다. 한낮의 태양빛을 받으며 철제 난간은 나에게 와서 몸을 부딪치라고 유혹적인 빛을 뿜어 댔다. 뛰면 뛸수록 이상한 문의 형태가 점점 또렷해지는 요즘이다. 나는 그 문의 비밀을 풀고 싶었다.

　달렸다. 좀 낮은 감이 없지 않지만 나만의 동작을 만들어 내고 싶은 욕심에 캐시볼트를 시도했다. 발바닥에 와 닿는 지면의 느낌이 환상적이다. 몸이 바로 반응하며 스프링처럼 공중으로 튀었다. 난간을 손으로 짚고, 무릎을 가슴 쪽으로 당겨 최대한 웅크린다. 손으로 짚었던 부분을 발이 지나갈 때 무게중심을 뒤로 빼 준다는 것이 그만 살짝 미끄러졌다. 온 신경을 손끝에 모았다. 뒤쪽을 짚으며 두 다리를 힘껏 뻗어 찼다. 전신이 앞으로 밀려 나가자 얼굴을 스치는 바람에 미소가 번졌다. 살아 있다는 느낌, 순간의 이 짜릿함이란! 내친김에 펜스스프링 동작을 연결했다. 유난히 몸이 가벼운 날에는 손에 힘이 더 들어갔다. 난간 아래를 머릿속으로 재빨리 그려 보며 손으로 봉을 짚었다. 물구나무서기를 하는 느낌으로 두 발을 뒤로 빼 차올리며 회전했다. 몸을 빙그르 돌리는 동시에 배를 앞으로 내밀며 반동했다.

　새파란 겨울 하늘이 나에게 쏟아져 내렸다. 알 수 없는 기운이 몸을 죄었다. 점프할 때면 보이던 문이 또다시 나타났다. 문 앞으로 불길한 기운의 회색 안개가 피어올랐다. 안개에 휩싸인 문이 점점 일그러지기 시작했다. 뭔가 잘못되었다는 기분이 들었다. 들고 있던 발을 착지하려는데 시커먼 물체가 눈에 들어왔다.

"비켜!"

눈 깜짝할 사이에 이뤄지는 야마카시 동작들은 뜻밖의 상황에선 순발력만이 살길이다. 특히 예상치 않은 장애물이 나타났을 때는 더욱. 발아래의 시커먼 장애물은 꿈쩍 않고 고개를 들어 나를, 나의 동작을 지켜보고 있었다.

'젠장!'

장애물은 여자애였다. 허공에서 날아든 나를 보고 겁내기는커녕 제자리에 서서 미동도 않다니, 이상한 애였다. 보통 여자애들 같으면 '꺅!' 비명을 지르며 호들갑을 떨었을 것이다. 그 애는 쿵, 소리와 함께 바닥에 떨어진 내가 무게중심을 잃고 자신과 세게 부딪혔는데도 숨소리조차 내지 않았다.

'뇌진탕? 설마 기절한 건 아니겠지?'

하루 이틀 뛰어 본 솜씨도 아닌데 여자애를 깔아뭉개다니. 스타일 완전히 구겼다. 그나마 본능적으로 손을 뻗어 그 애의 머리를 감싼 것이 천만다행이었다. 여자애의 머리를 받친 채 바닥에 쓰러져 손등의 통증이 심했다. 그러나 몸의 다른 부분은 포근했다. 여자애의 까만 눈동자에 당황한 내 얼굴이 고스란히 비쳤다.

"다칠 뻔했잖아! 너, 왜 안 피한 거야?"

앞뒤 사정이야 어떻든 여자애로서는 몹시 당혹스러울 자세였고, 크게 다칠 뻔도 했다. 황급히 자리에서 일어나려는데 여자애가 내 어깨를 잡았다. 나는 내 어깨를 쥔 여자애의 손을, 그리고 나를 뚫어져라 쳐다보는 그 애의 얼굴을 번갈아 보았다. 온몸의 신경이 날 뛰기 시작했다. 더듬이 달린 곤충도 아닌데 유달리 촉이 발달한 이유는 뭘까?

고백의 순간이다. 나는 본능적으로 알았다. 여자애는 천천히 입을 열어 또박또박 나에게 말을 건넸다. 나의 두 눈을 똑바로 쏘아보면서.

"길창, 영원히 살아 있는 역사의 증인이 될 수 있게 도와줘."

하마터면 나는 동갑내기 여자애한테 '네? 제가요?'라고 할 뻔했다. 이토록 괴상망측한 고백은 처음이었다. 더 할 말도 없었고 말할 필요도 없었다.

> 그날의 비극이 시작된 곳에서
> 영원을 약속하는 문이 움직이리라.

정애란이 그렇게 말했다. 여자애의 이름은 정애란이었다. 날 두고 문이라니? 그렇다면 내가 사람이 아니라 문짝이란 말이야? 이해할 수도 없고, 이해되지도 않는 예언의 주인공이 나라니! 나란 사람…… 국사 시험에서 60점 이상을 넘은 적이 없는 위인이다. 이런 내가 어떻게 역사를 바꿀 수 있다는 것인지 미치고 팔짝 뛸 노릇이었다.

체육 시간이었다. 계주 경기에 앞서 몸을 풀려고 등나무 아래의 벤치를 밟고서 등나무가 타고 올라간 기둥에 매달렸다. 가슴을 쭉 내밀어 턱걸이하듯 머슬업 동작을 했다. 구경하던 여자애들이 손뼉을 치며 환호성을 질렀다. 무리에서 좀 떨어진 곳에서 정애란이 날 쳐다보고 있었다. 등나무 위로 올라가 뒤돌아서서 자세를 잡았다. 무릎을 구부리며 살짝 앉았다가 펴면서 점프를 준비했다. 몸이 뒤로 기울어지자, 나는 최대한 우아한 자태로 팔을 뻗었다. 그러곤 공중으로 날아올랐다. 바람이 일었다. 몸을 곧게 뻗으며 뒤로 회전했다. 머리를 들었다. 바닥이 눈앞으로 밀려들었다. 다리를 당기며 노련한 체조 선수처럼 착지 동작을 선보였다. 환호성이 쏟아졌다. 나는 아이들 무리 너머에 혼자 서 있는 정애란에게 시선을 던졌다. 생각이 많아 보이는 눈을 가진 여자애였다. 밑도 끝도 없는 고백 사건 이후, 나는 신경 쓰지 않으려고 했지만 정애란을 의식하지 않을 수가 없었다.

"봤잖아. 네 눈으로 문…… 봤지? 날 도와줄 사람은 너뿐이야."

아무것도 못 봤다고 딱 잘라 말하려는데 정애란이 내 말을 가로챘다.

"그 문을 열 수 있는 사람은 길창, 너뿐이야. 영원한 수요일을 공급할 수 있는 유일한 사람이라고."

미치겠다. 내가 달력 제작자도 아닌데 어떻게 영원한 수요일을 공급한단 말인가. 미련 없이 돌아서려는데 정애란이 내 손을 잡아채어 자기 가슴에 얹었다. 심장이 뛰었다. 도대체 누구의 심장이 뛰는 것인지……. 눈앞이 하얗게 변했다. 내 손을 잡은 정애란의 손끝에 힘이 들어갔다. 손바닥에 전해지는 온기, 말랑말랑한 촉감에 정신이 번쩍 들었다. 아무리 말랐다고 해도 여자애의 가슴이 남자애 것과 같을 수는 없었다.

"정애란…… 너…… 설마…… 변태야?"

제 가슴을 서슴없이 내주는 여자애를 달리 뭐라고 부르겠는가. 우리 근처에 있던 아이들은 아무것도 못 봤다는 듯 내 곁을 지나쳐 갔다. 그 누구도 정애란을 신경 쓰지 않았다. 정애란의 보드라운 손이 떨어져 나가자 살짝 아쉬운 마음이 들었다.

월담에 성공하고 신나게 벽이란 벽은 죄다 타고 다녔을 때, 주택가 옥상에 있는 빨랫대를 쓰러뜨리며 넘어지는 바람에 브래지어를 머리에 뒤집어쓴 적이 있었다. 야할 것도 없는 그저 그런 흰색 브래지어였다. 그것을 목격한 학교 애들 덕분에 나는 도둑놈에서 변태라는 별명으로 갈아탔다.

"역사에 길이 남을 일을 하는 거야. 그러니까 부탁해. 할머니들을 위해서라도 꼭 문을 계속해서 열어 줘."

만화책에서도, 영화에서도 이처럼 이상한 고백은 보지 못했다. 부담 백배다. 머리 위로 집채만 한 바위가 쿵 내려앉는 느낌이었다.

나는 국사에 젬병이었다. 고대 삼국 시대, 백제 근초고왕 때 제작된 것으로 철을 두드려 만든 유물이 무엇이냐는 주관식 문제의 답으로 고심 끝에 '엑스칼리버'라고 쓴 일이 있다. 정답인 '칠지도'가 지도가 아니라 칼이라는 것을 그때 처음으로 안 인물이 나다. 내 손을 꼭 쥐고 있는 정애란의 손끝 온기를 느끼며 나는 '아, 진짜구나. 이 이상한 고백, 적어도 꿈은 아니야.'라고 생각할 수밖에 없었다.

엄마의 소프라노 음성이 아래층에서 올라왔다.

"뉴스 한다. 내려와서 봐!"

목제 책상에 귀를 대고 있으니, 엄마의 음성이 전하는 진동이 귓가를 부드럽게 흔든다. 탁상 달력이 눈에 들어왔다. 다양한 투자 상품을 홍보하는 은행 달력이었다.

목조 계단을 밟을 때 울리는 소리가 좋았다. 찌그덕찌그덕. 오랜 세월의 깊이가 느껴지는 소리. 나는 2층 계단을 내려갈 때면 언제나 느린 걸음으로 천천히 한 계단, 한 계단 단단히 밟았다.

아홉 시 뉴스를 보는 시간은 가족이 과일을 먹는 시간이었다. 뉴스를 본다는 것은 가족이 머리를 맞댄다는 의미이기도 했다. 시시콜콜한 잡담이 오가기도 했고—가령 소화불량 탓인지 실없이 방귀가 새어 나온다는 내 말에 엄마가 제 항문 하나 컨트롤하지 못하는 놈이 무슨 공부냐고 일갈하기도 했다—영업정지까지 맞은 저축은행 사태나 국민연금의 문제점, 부동산 경기 침체 원인과 청년 실업 문제에 관한 의견이 오가기도 했다. 결국 사는 건 팍팍함의 연속이라는 결론뿐이었다. LPGA US 오픈에서 우승한 여자 골퍼나 메이저리그에서 뛰는 우리 선수들의 활약상 덕분에 그나마 찡그렸던 인상을 잠깐 펴고는 했다.

"서울 중학동 주한 일본 대사관 앞입니다. 일본군 위안부 문제 해결을 위한 정기 수요 집회에서 위안부 피해 할머니와 푸른초등학교 어린이 등 참석자들이 일본 정부의 진상 규명과 공식 사죄, 국제법에 따른 배상 등을 요구했습니다. 이들은 1400회를 앞두고 있는 수요 집회의 모습을 손 그림으로 하나하나 그리는 퍼포먼스를 펼치기도 했습니다……."

텔레비전 화면 속의 기자는 수요 집회 장면을 보도하고 있었다. 수요 집회, 정애란이 말했던 거다. 좁은 인도에 몰려 있는 사람들은 매서운 바람 앞에서도 저마다 플래카드와 피켓을 들고 일본 대사관을 향해 외치고 있었다. 그 사이로 대사관을 향해 바위처럼 앉아 있는 노년의 여인들. 새파랗게 언 뺨을 하고 오로지 대사관을 향해 시선을 고정한 할머니들의 모습이 뇌리에서 떠나지 않았다. 텔레비전 화면에서 눈이 내리고 있었다. 진눈깨비였다.

사람들의 어깨로, 머리로, 무릎으로, 굽은 손가락 사이사이로 진눈깨비가 떨어졌다. 미동도 하지 않고 진눈깨비를 맞고 앉은 할머니들의 모습을 보자 명치끝이 저렸다. 모르는 사람들인데, 나와는 상관없는 사람들인데, 이상하게 그들의 모습이 메아리가 되어 온

몸을 뒤흔들었다.

"그게 어디 있더라?"

내 방으로 올라와 구석구석을 뒤졌다. 고백을 하고 정애란은 선물이라며 나에게 책 한 권을 건넸다. 괴상한 고백만큼이나 나의 관심을 끌지 못했던 물건이다. 침대 아래에서 정애란이 준 선물을 찾아냈다.

나는 『20년간의 수요일』이란 책을 펼쳤다. 몰랐던 세계가 나의 두 무릎 위에서 첫 장을 여는 순간이었다. 정애란은 나에게 이 책을 건네며 아무 말도 하지 않았다.

"재미없어 보여."

심드렁한 내 말에도 그냥 살짝 웃어 보이는 것이 전부였다.

종군위안부. 정신대. 일제강점기에 일본 정부가 일본군의 성욕 해소 도구로 강제 동원한 주변국의 여성들을 두고 부른 이름이었다. 흑백사진 속의 젊디젊은, 아니 어린 여자들……. 소녀들이 나와 시선을 마주했다. 분노와 울분과 서글픔과 미안함이 뒤섞인 멍울이 심장을 쳤다. 내가 애국자였나? 애국가 2절도 헷갈리는 놈인데.

인터넷으로 '종군위안부'에 관한 정보를 검색했다. 나에게 부탁한다는 영원한 수요일이 무엇인지 알 수 있지 않을까 하는 기대감 때문이었다. 그러나 정보를 검색하면 할수록 몸이 점점 굳어 갈 뿐 수요일의 비밀은 풀 수 없었다.

종군위안부. 그것은 잘못된 말이었다. 일본군 성노예라고 불러야

할 이름이 여러 이름으로 잘못 불리고 있었다.

종군위안부를 대신할 국제 용어가 성노예(military sexual slavery)*라는 사실에 경악했다. 성노예라니! 전쟁의 피해자들에게, 이 땅의 여성들에게 붙여 주기에는 잔혹한 이름이었다. '종군위안부'가 자원한 종군간호사나 종군기자들과 같이 자발적으로 참전해 일본 병사들을 위안한 것으로 인식되도록 일본 당국이 꾸며 낸 말이란 사실을 알고, 나는 욕설을 내뱉고 말았다. 정신대(挺身隊)라는 말 역시 몸을 내밀어 헌신한다는 뜻으로, 국가를 위해 자신의 몸을 던지기로 결심한 구국 대원을 의미했다. 이 땅의 소녀들이 왜 그들을 위해 몸을 던져야만 했단 말인가.

컴퓨터 모니터에서 눈을 뗄 수가 없었다. 손가락 하나로 과거의 진실과 상처가 고스란히 드러났다.

방문이 벌컥 열렸다. 컴퓨터가 켜진 것을 발견한 엄마가 다짜고짜 내 등을 후려쳤다.

"이놈 자식! 늦게까지 공부하나 했더니……. 이 시간까지 야동이나 보고! 얼른 컴퓨터 꺼!"

민족과 역사, 다가올 모든 수요일에 대해 고민하는 나에게 엄마가 명명한 이름은 다름 아닌 '야동 킬러'였다. 그러나 억울하지 않았다. 숨은 역사의 진실을 내 손으로 확인한 밤이었으니까.

---

* 종군위안부를 대신하는 국제 공인 용어다. 전쟁 중 여성에 대한 폭력을 반인도적 범죄로 규정한 '쿠마라스와니 및 맥두걸 보고서'가 유엔인권소위에서 채택된 1999년부터 쓰이고 있다.

수난으로 일관된 비극의 역사가 개인사까지도 비극으로 전락시킬
수 있음을 명심하라던 대머리 문학 선생의 말이 가슴을 강타했다.

　문학 선생은 『수난이대』를 가르치며 우리의 과거사를 설명하면
서 눈시울을 붉혔다. 주인공 박만도가 일제 징용에 끌려가 팔을 잃
는 장면에서는 문학이 오열을 터트리지 않을까 걱정될 정도였다.
　"이 땅의 아들들아! 오늘의 급식 메뉴가 무엇일까 고민 말고 우리
의 과거를 잊지 말고 이 땅의 내일을 위해 뛰어라. 쫌! 제에발!"
　문학 수업은 4교시였다. 열어 놓은 창문으로 음식 냄새가 올라
왔다. 옆에 앉은 건우는 개코란 별명에 걸맞게 급식 메뉴를 정확히
맞히고는 했다. 건우가 나에게 귓속말을 건넸다.
　"문학 아버지가 박만도래."
　"뭐?"
　터무니없는 소리였다. 문학은 김 씨였다. 그런데 아버지가 박만도
라니?
　"믿기 힘들지? 하지만 사실이야. 문학네 아버지, 일제 때 징용 가
서 땅굴 팠단다. 굴 파는 데에 명수래. 하도 잘 파서 인간 두더지인
가, 굴삭기인가? 아무튼 그런 별명으로 불렸다나 봐. 『수난이대』에
나오는 박만도가 문학 아버지래."
　교탁 앞에 서서 가슴을 치는 문학을 보며 나는 문학의 얼굴을
한 이 땅의 모든 남자들을 떠올렸다. 남자들은 하나같이 두더지

손이나 굴삭기를 손목에 달고 있었다. 문학의 아버지가 박만도인지, 아닌지는 중요치 않았다. 중요한 것은 이 땅의 모든 사람들이 역사의 희생양이자 피해자였다는 사실이다. 그리고 이제는 모두가 그 사실을 옛날 이야기쯤으로 여기고 있다는 것이었다.

정애란의 콧대가 조금만 낮았더라면, 정애란의 눈망울이 좀 더 덜 반짝였더라면, 정애란의 얼굴형이 평면 텔레비전을 떠올리게 하는 사각이었더라면 나는 결코 정애란을 따라나서지 않았을 것이다.

야마카시 동작을 할 때마다 내가 보는 문은 정애란을 영원히 살 수 있게 되돌리는 시간의 문이었다. 문을 볼 때마다 정애란이 내 앞에 나타났다.

3교시가 끝나고 후미진 복도 끝에서 만난 그 애는 다짜고짜 내 손을 잡아끌었다.

"길창, 나랑 땡땡이치자."

나는 심장이 튀어나오는 줄 알았다. 보기보다 과감한 애였구나. 나는 모범생은 아니었지만, 조퇴증 하나 없이 교문을 나서는 인간도 아니었다. 하지만 어찌된 영문인지 정애란의 손을 잡는 순간, 발걸음도 가볍게 교문 밖을 나섰다.

"네가 문을 여는 모습을 보고 싶어."

내 야마카시 동작을 보고 싶다는 얘기를 그 애는 이렇게 표현했다. 날이 화창했다. 바람도, 햇살도 나쁘지 않아서 몸이 제법 가벼웠다.

다리를 어깨너비로 벌리고 허리를 꼿꼿이 세운 다음 양팔을 옆구리에 붙이고 손목을 돌렸다. 발목도 빙글빙글 돌렸다. 짚는 동작이 많으니 어깨 운동도 빼먹을 수는 없다. 한쪽 팔을 구부려 머리 뒤로 넘기고 반대 팔로 뒤로 넘긴 팔의 팔꿈치를 감쌌다. 피로가 풀리는 것 같아 나도 모르게 "으으, 시원하다." 소리를 내뱉었다.

넓게 트인 공원에서 나는 정애란에게 착지 동작을 선보였다. 공원의 관리사무소 건물 뒤편 담장에 섰다. 가볍게 바닥을 향해 뛰어내렸다. 흙더미가 보이는 잔디밭으로 풀썩 뛰어내리자 먼지가 일었다.

"내가 야마카시 동작 할 때 이상한 문을 본다는 거, 어떻게 알았어?"

"전에 네가 학교에서 뛴 적 있지? 그때……. 허공으로 네가 몸을 날릴 때 나도 그 문을 봤거든. 그리고…… 그 문 안에 있는 나를 봤어."

소름이 끼쳤다. 나도 모르게 뒤로 물러났다.

"너…… 귀신이냐?"

정애란이 웃었다. 말없이 웃으니까 더 귀신 같아 보였다.

"길창, 넌 내가 귀신이었으면 좋겠어?"

설마, 꿈에서라도 귀신이랑 말을 섞는 일은 없었으면 좋겠다. 나는 겁먹지 않은 척하며 내가 요즘 연습하는 야마카시 동작에 대해 설명했다.

경사진 계단 길이 보였다. 두어 계단 혹은 네댓 개의 계단을 뛰어 내려오면서 계단 끝 지면에 몸을 굴렸다가 일어서는 동작을 해 보였다. 순간, 열일곱의 정애란 얼굴에 백발의 할머니 얼굴이 겹쳐졌다. 나는 놀라 균형을 잃고 바닥에 떨어졌다.

"드롭점프 바로 다음에 낙법으로 이어질 때는 가속도와 중력 때문에 속도와 충격량이 커져. 그래서 나 같은 베테랑도 가끔 실수할 때가……."

아무렇지 않은 체했지만 경사진 바닥에 몸을 굴리니 온몸이 쑤셨다.

"길창, 봤지? 또 다른 진짜 내 모습."

나는 고개를 끄덕였다. 눈앞의 이 애가 귀신이든, 외계인이든 상관없었다. 영원히 살아 있는 증인, 증거가 되겠다는 말을 한 순간 정애란은 내 마음속에 파고들었다. 정애란은 교통사고 후, 두 개의 자아와 두 개의 기억을 갖게 되었다고 했다. 거짓말 같았지만 열린 문틈으로 내가 본 것은 분명 정애란의 두 얼굴이었다. 문 안의 그 애는 제 흔적을 지우는 회색 안개에 파묻혀 있었다.

"어느 게 진짜 나인지 모르겠어. 내 주위 사람들은 나를 보고 아무 말도 안 하거든."

정애란은 내 손을 잡았다. 얼음장처럼 차가운 손이었다. 살아 있다고 느낄 수 없을 정도로. 그 애는 내가 자신을 보는 유일한 사람이라고 했다. 문 밖의 자신과 문 안의 자신을 똑바로 봐 주는 사람이 나뿐이라고 말이다.

"그러니까 내가 슈퍼맨이라도 된다는 소리야? 아니지, 일종의 인간 타임머신?"

내 질문에 정애란은 어깨를 으쓱해 보였다. 100퍼센트의 긍정도, 100퍼센트의 부정도 아닌 '네 뜻대로 생각해.'라는 몸짓에 기운이 빠졌다.

"너를 타임머신으로 생각하고 싶다면 그렇게 생각해도 좋아."

걸어 다니는 사전이니, 걸어 다니는 시한폭탄이니 하는 소리는 들었어도 걸어 다니는 타임머신이라니 뭔가 이상하다. 더군다나 타임머신 하면 고철 덩이의 기계장치가 떠오르는데, 사람인 내가 타임머신이라니 가당치도 않다.

"어느 게 진짜 나일까?"

정애란의 물음에 나는 대답을 못 했다. 결론을 내릴 수 없는 문제는 질색이다. 나는 뉴스에서 본 수요 집회 이야기를 꺼냈다.

정애란 말이 '회색의 그들'은 마지막 수요일을 기다리고 있다고 했다. 일제강점기에 강제로 동원되어 일본군들의 성 노리개가 되었던 여성들의 비극을 은폐하려 한다고 했다. 그들은 자신들의 과오를 인정하지 않고 외면과 침묵으로 일관하고 있었다. 살아 있는 증인들이 더 이상 이 땅에 존재하지 않으면 과거의 만행을 지울 수 있다고 믿는 듯했다. 비극의 역사를 겪은 할머니들이 숨을 다한다면 그날의 일을 세상에 외치는 사람들이 없으리라고 확신하는 것 같왔다.

역사에 별다른 관심이 없던 나 같은 아이가 있으니 그들의 바람은 가능성이 아주 없는 말도 아니었다. 지나간 역사의 잘못된 부분을 돌이키려고 정애란처럼 공부할 시간을 포기하며 이 일에 매달릴 사람이 내 또래 중 몇이나 될까?

어쩌면 그들이 노리는 것은 무관심일지도 모르겠다. 우리의 무관심으로 차츰 잊히는 것. 나는 전생에 청개구리였는지, 잊고 싶지 않았다. 악착같이 기억해 내고, 기억하고 싶었다.

"조심해야 해. 네가 우리들의 열쇠란 것을 안 이상, 그들이 너를 가만두지 않을 거야."

"정애란, 난 까딱없을 거야. 우리 엄마가 아닌 이상 날 건드릴 수 있는 존재란 세상에 절대 없지, 암."

자신 있게 대답했지만 회색 안개의 실체를 알 수가 없어서 불안한 마음이 스멀스멀 머리를 들었다.

"둘이 같이 어디로 가는 거, 데이트야?"

내 말에 정애란은 또 그냥 웃어 넘길 뿐이었다. 가끔 얘가 웃는 모습을 보면 섬뜩했다. 예쁘다는 생각이 들다가도 어쩐지 아주 먼 딴 세상 사람같이 느껴졌기 때문이다.

"이런 식의 서프라이즈, 난 별로야. 게다가 난 보수적인 남자라고. 데이트 신청을 네가 먼저 하는 거, 그것도 별로야."

말은 이렇게 했지만, 정애란이 나에게 "함께 가야 할 곳이 있어."라고 했을 때 심장이 쿵쾅거리고 입안이 바싹 말랐다. 난처한 기분이 들기도 했다. 얘가 나를 어디로 이끌지, 어렴풋이 짐작하고 있었다.

수요일이었다. 수업이 끝난 뒤에나 데이트를 할 줄 알았는데 3교시 마치자마자 "가자, 길창."이라고 하는 애에게 나는 허둥대는 모습을 보이고 말았다.

"땡땡이인 거야?"

"응."

출석 일수에 연연하는 나도 아니었지만 수업까지 땡땡이치면서 하는 첫 데이트라니, 이색적이기는 했다.

평일 오전, 교복을 입고 버스에 탄 학생은 우리 둘뿐이었다. 햇살이 들이치는 창가에 앉아 정애란을 보고 있자니 이상하게 나른했다. 문 안에서 또 다른 자신을 봤다는 이 애를 나는 어디까지 믿어야 할까? 하지만 이 순간만은 믿고 싶었다.

광화문에 도착해서 빌딩 숲 사이를 가로질렀다. 정애란과 어깨를 나란히 하고 평일의 정오를 맞이하는 기분이 나쁘지 않았다. 걸으면서 우연찮게 스치는 손등이 따뜻했다. 머뭇거리며 손을 잡아 볼까, 하는 생각이 들었지만 손바닥에 땀이 배어 시도조차 하지 못해 아쉬웠다.

"도착했다."

정애란이 수요 집회가 열리는 곳을 가리키며 말했다. 내가 알지 못한 세상이 눈앞에 나타났다. 백발의 할머니를 바라보며 나는 넋을 잃고 말았다. 몸이 불편한지 할머니는 휠체어에 앉아 있었다. 도대체 어떤 절박함이 백발의 노인을 이 자리에까지 오게 만들었을까?

나는 뉴스 현장 한가운데에 서 있었다. 현실은 텔레비전 뉴스 속에서와 다를 것이 없었다.

"유례없는 세계 최장 기록의 집회가 바로 수요 시위야. 우리가 지금 서 있는 이 자리."

수많은 사람들이 하나의 목소리를 내고 있었다. 교과서에서 언뜻 봤던 일본군 위안부 문제를 현실에서 목격하자 뭐라 형언할 수 없는 감정이 피어올랐다. 정애란이 내 손을 잡았다. 서로 모르는 사람들이 일본 대사관 앞에 모여 한목소리로 외치고 있었다.

아이엠 쏘리가 그리 어렵더냐!
법적 배상, 진상 규명, 공식 사죄!
전쟁 범죄 인정하라. 전범자를 처벌하라.
추모비와 사료관을 건립하라!
일본은 역사를 왜곡하지 말라!

나와는 상관없는 일이라 여겼던 사실을 가까이에서 목격하자 느낌이 묘했다. 정애란은 먼저 와 있던 아이들에게 손을 흔들어 보이더니, 피켓을 받아들고는 할머니들의 뒤에 가서 섰다. 정애란은 피켓을 자꾸만 바닥에 떨어뜨렸다. 손이 떨려서 그렇다는 말에 나는 피켓을 대신 집어 들고 주변을 둘러보았다.

기묘한 풍경이었다. 제 나라로부터 보호받지 못한 소녀들이 백발의 노년이 되어서도 보호받지 못하는 상황이라니! 나는 애국자도, 역사적 소명을 가슴에 품은 청년도 아니지만 설명할 길 없는 헛헛함을 느꼈다.

휠체어에 앉아 있기조차 힘겨워 보이는 할머니는 애써 웃으며 마이크를 꼭 쥐고 인사를 했다. 할머니의 인사가 신호탄이 되기라도 한 듯 박수 소리와 함께 사방에서 카메라 플래시가 터졌다.

"나는 1928년 경기도 수원에서 태어난 정애란입니다. 나는 배움이 짧아 어려운 말은 못 합니다. 그러나 기억이 가물거리는 근자에 들어서도 한 가지만은 또렷이 기억하고 있습니다. 평생을 기억한 것이고 죽어서도 기억할 진실입니다."

침묵이 사람과 사람 사이를 가득 채웠다. 한낮의 도심에 감도는 정적과 마이크를 통해 들려오는 할머니의 가쁜 숨소리에 결연했던 사람들의 얼굴이 미세하게 일그러졌다. 나는 '정애란'이란 소리에 숨을 멈췄다.

"나의 소원은 우리가 눈을 감기 전…… 그 모진 세월을 하나도 잊지 않고 기억하는 우리 늙은이들이 죽기 전에 일본 정부의 공식 사과와 배상을 받는 것입니다. 마지막 수요 시위를 보고 죽는 것입니다. 그래서 이 세상에 또다시 그런 전쟁, 그런 역사 속에서 나와 같은 소녀들이 생기지 않기를 바라는 것입니다."

그 애와 눈이 마주쳤다. 큰 눈에 눈물이 글썽이고 있었다. 두 사람의 정애란을 눈앞에 두고 나는 할 말을 잃었다. 정애란이 말하는 영원한 수요일의 뜻을 깨달았다. 하지만 무슨 수로 수요일을 붙잡는다는 것이지? 나는 또 무슨 수로 정애란에게 수요일을 줄 수 있다는 것일까?

쇠약한 몸을 하고도 할머니의 목소리와 눈빛은 단단했다. 나의 소원은 마지막 수요 시위를 보고 죽는 것이라고 말할 때 부들부들 떨던 할머니의 손을 나는 절대로 잊지 못할 것이다. 핏기 없는 살가죽이 고된 삶을 말해 주는 것 같아 가슴이 먹먹했다. 알 수 없는 힘에 이끌리듯 나는 인파를 뚫고 한 발, 한 발 할머니에게 다가갔다.

"문은 절대 움직이지 못한다."

낮은 목소리가 귀를 스쳤다. 온몸을 얽매는 찬 기운이 나를 꼼짝달싹하지 못하게 만들었다. 순식간이었다. 찬 기운이 칼날처럼 내 몸을 찔러 댔다. 비명을 지르고 싶을 만큼의 고통이 엄습했다. 소리를 지르려고 입을 벌렸으나 수족관에서 튀어나온 물고기처럼 입만 뻥긋거릴 뿐, 내가 할 수 있는 일은 아무것도 없었다.

난데없는 고통이 나를 조각내고 있었다. 무릎이 꺾일 것 같았다. 당장에라도 바닥에 쓰러질 것 같던 그때, 어디선가 들려오는 소리에 나는 마음을 빼앗기고 말았다.

"나를 구해 줘, 나를 위해 달려 줘!"

나의 다리와 무릎은 아무 곳에서나 흙을 묻히라고 있는 것이 아니다. 몇 미터 앞 평화의 소녀상과 시선이 얽혔다. 분명 청동으로 만들어진 소녀상인데 나를 향해 또렷이 말하고 있었다. 환영처럼 또다시 문이 나타났다가 사라졌다. 문 안의 회색 안개가 사방으로 피어올랐다.

"길창, 나를 위해 달려 줘!"

주변이 암흑으로 변했다. 대사관 앞쪽에서부터 검은 물이 가득 차 흐르더니 주변을 점점 시커멓게 집어삼키고 있었다. 그 속에서 소녀상은 황금빛으로 빛나고 있었다.

모든 것이 정지되고 무채색으로 변하는데 소녀상과 정애란 할머니만이 제 빛깔을 잃지 않고 있었다. 기이한 광경에 놀라기도 전에 실체를 알 수 없는 회오리가 나를 집어삼킬 듯 다가왔다. 쓰러지기 직전, 나는 소녀상의 헐벗은 발을 보았다. 작고 어린 발이 살아 있는 누군가의 발처럼 느껴졌다.

"안 된다, 이놈들!"

할머니의 외침과 함께 암흑이 흩어지고 나는 정신을 차렸다. 당신 몸도 가눌 수 없을 것 같던 정애란 할머니가 휠체어에서 일어나 나를 품에 안고 있었다. 할머니의 품속에서, 극심한 통증은 잦아들었다. 따뜻한 물에 몸을 담근 것처럼 온몸이 훈훈해졌다. 언제 할머니를 안았을까? 할머니의 등에 두른 내 손을 천천히 풀었다. 나는 그 애, 정애란의 이름을 수없이 불렀다. 하지만 입 밖으로 목소리가 나오지 않았다. 그리고 나는, 그대로 의식을 잃었다.

"진실은 늙어도 죽지 않아. 하지만 얘야, 나는 살아 있는 증거가 되고 싶단다. 끝이 보이지 않는 이 싸움의 증거 말이야."

잠깐 쓰러졌던 내가 정신을 차리자마자 할머니가 내게 건넨 말이었다. 정애란 할머니를 수요 집회에서 만나지 않았다면 나는 할머니를 치매 환자쯤으로 치부했을지도 모른다. 휠체어에 꼼짝 않고 있던 사람이 벌떡 일어나 나를 안은 것이나, 영원한 수요일을 약속하는 자리라느니 하는 말에, 나는 그저 할머니의 정신이 온전하지 못하다고 여겼을 것이다.

세상이 정지되고 흑백사진처럼 변했는데도 수요 집회 장소에 있던 사람들 중 그 누구도 세상이 잠시 멈췄다는 것을 알지 못했다. 보이지 않는 무언가가 나를 쓰러뜨리고 공격했다는 것도……. 정지된 세상 속에 있던 사람은 나와 정애란이란 이름의 할머니뿐이었다.

사진 기자가 몇 명 와 있었지만 그날의 기묘한 광경은 단 한 장도 찍히지 않았다. 어느 누구도 이상한 일들을 기억하지 못했다. 다른 것은 몰라도 나는 나를 공격한, 흔적 없는 그것의 정체를 알고 싶었다.

바람이었다. 바람이라고 생각했다. 그러나 회오리 형체를 한 그것은 바람이라고 할 수 없었다. 회색 빛깔의 탁한 소용돌이는 명확히 정의 내릴 수는 없지만 불온한 것의 이름이었다. 그리고 웅얼거

림이 있었다. 음울하고 기분 나쁜 노랫소리 같기도 했다.

사람들이 할머니와 내 주위로 몰려들었다. 정신을 잃은 할머니를 누군가가 부축했다. 수요 시위의 사회를 맡고 있던 남자가 황급히 휴대전화를 꺼내 구급차를 불렀다. 정신을 잃어 가면서도 할머니는 내 손을 놓지 않았다. 손을 풀려고 애를 썼으나 휠체어에 앉아 있던 사람이라고 상상할 수 없을 정도로 악력이 셌다. 늙고 병든 손의 얇은 살갗에 툭 불거진 푸른 혈관이 오랜 나무의 뿌리처럼 단단해 보였다. 가지가 얽힌 연리지처럼 할머니는 내 몸을 얽매고 있었다.

"넌 우리의 영원한…… 수요일……. 길창, 문을…… 열어 줘."

암호와 같은 말을 남기고 할머니는 비로소 손을 놓았다. 그러나 이번에는 내가 할머니의 손을 놓을 수가 없었다. 익숙한 온기였다. 마치 꼭 들어맞는 열쇠와 자물쇠처럼, 이가 맞는 톱니바퀴처럼. 나는 할머니의 푸른 뿌리를 오래도록 바라보았다. 나는 멀어져 가는 구급차를 하염없이 바라보았다. 그리고 깨달았다. 정애란이 사라졌다.

수요 집회 때 사라진 정애라은 통 연락이 없었다. 문자메시지를 보내고 전화를 걸었지만 대답이 없었다. 수상했다. 등교하면 나의 일과는 정애란을 만나는 것으로 시작했다. 하지만 그 애에 대해 제대로 아는 것이 없었다. 난 한 번도 그 애를 보러 4반에 간 적이 없었고, 그 애의 절친이 누구인지, 집이 어디인지도 알지 못했다.

"정애란 좀 불러 줘."

"누구?"

"정애란 말이야."

"야, 우리 반에 정애란이란 애가 있냐?"

뒷문에 앉은 4반 덩치가 날 보며 장난을 쳤다. 나는 덩치를 무시하고 4반 교실로 들어갔다. 정애란이 그랬다. 자기가 앉은 뒷자리의 창가 자리에서는 운동장이 한눈에 들어온다고. 정애란은 여기에 앉아서 내가 야마카시 동작을 하는 것을 지켜봤겠구나…….

"여기 내 자린데, 비켜 줄래? 수학 숙제 해야 하거든."

무심결에 고개를 끄덕였다. 모르는 여자애였다. 머릿속이 새하얗게 변했다. 여자애는 나를 흘낏 보더니 자리에 앉아 수학 문제를 풀기 시작했다.

"딴 반 애 아니야?"

덩치가 나에게 조언했다. 덩치는 의외로 친절했다. 복도로 따라나와 지나가는 애한테 "너희 반에 정애란 있냐?" 하고 대신 물어보기까지 했다. 아무도 정애란이란 이름의 애를 알지 못했다. 같은 교복을 입고 같은 공간에서 생활했음에도 불구하고 그 누구도 정애란을 기억하지 못했다. 이 세계에서 애당초 존재하지 않았던 사람인 것처럼, 정애란은 모두의 기억 속에서 깡그리 사라졌다.

나는, 누구와 함께했던 것일까? 그 누구도 모르고 그 누구도 본적이 없는 그 애를 나는 알고 있었다. 공포보다는 의아함이 나를 뒤흔들었다.

5교시는 국사 시간이었다. 점심 이후라 조는 애들이 많았다. 교과서를 펼치고서 머릿속으로는 정애란을 떠올렸다. 느낌이 좋지 않았다. 국사의 설명이 정신을 몽롱하게 만들기 시작할 즈음, 나는 교과서를 뚫어져라 쳐다보았다.

'구해 줘!'

정애란이었다. 교과서 사진 속에서 그 애가 소리쳤다. 눈을 깜빡이고 다시 책을 봤다. 흑백사진 속에는 일제강점기 수탈당한 우리 땅의 풍경이 있었다. 사진 속에 무리지어 있는 사람들의 얼굴을 볼펜으로 하나하나 짚어 나갔다. 익숙한 얼굴이 보였다.

'길창, 도망쳐!'

교과서 속에 살아 숨쉬는 인물은 분명, 정애란이었다. 나는 떨리는 손으로 사진 속, 그 애를 짚었다. 그 애의 가슴께에 손가락을 올렸다. 심장이, 심장이 뛰고 있었다.

더 이상 생각할 필요가 없었다. 나는 자리를 박차고 일어났다. 등 뒤로 "너, 뭐 하는 놈이야?" 하는 국사의 외침이 들렸지만 나는 멈추지 않았다. 그 애가, 그 애가 나를 부르고 있었다. 도망치라는 말은 오히려 내가 필요하다는 뜻이었다.

교문을 나서 찻길을 건너고 거리를 달렸다.

'수많은 방식으로 과거의 역사를, 진실을 지킬 열쇠를 만들었지만 모두 실패로 끝났어. 그래도 계속해서 새로운 형태로 열쇠를 만들었지만 이젠 한계야. 진실의 증인인 할머니들이 이제 몇 분 살아 계시지 않으니까. 넌 우리의 마지막 희망이야.'

그날이 생각났다. 우리가 첫 데이트라며 수요 집회에 참석하러 가던 길. 그 애의 말은 나에게 엄청난 무게로 다가왔다. 하지만 마지막 희망이니 뭐니 하는 말들은 모르겠다. 나는 그저 정애란을 다시 보고 싶을 뿐이었다. 지금 이 상황이 꿈이라고, 만화 같은 꿈이라고 누가 내 볼을 꽉 꼬집으며 정신 차리라고 해 줬으면 싶었다.

온몸에 땀이 흥건했다. 파란 대문 집 앞에서 숨을 고르기도 전에 나는 미친 듯이 초인종을 눌렀다. 사방이 고요했다. 마치 이 동네에 살아 있는 생명체는 없다는 듯이. 나는 주먹으로 초인종을 내리치고 정애란을 목이 터져라 불렀다. 언젠가 함께 산책을 하고 헤어졌던 골목이다. 어디에 사냐고 묻는 내게 정애란은 골목 끝 마지막 집을 가리켰다.

'시간의 문을 여는 능력은 네 것이야. 네가 그 문을 여는 열쇠인 셈이지. 만일 내가 갑자기 사라져도 네 점프는 멈추지 마. 네가 문을 열 때마다, 나는 절대 죽지 않는 증거로 계속 살아날 테니까.'

나는 담을 넘기로 결심했다. 턱까지 차오른 숨을 고르며 땅을 박차고 뛰어올랐다. 그러나 역부족이었다. 다리에 힘이 풀려 실패를 반복했다. 세 번째 시도를 하던 중에 결국 무릎을 찧어 무릎이 까지고 말았다.

"지금이다!"

눈앞의 세상이 일그러졌다. 문이 막 나타났고, 열리려는 순간이었다. 그러나 문이 채 열리기도 전에 막다른 골목에서 우당탕, 요란한 소리와 함께 누군가의 신음 소리와 욕지거리가 들렸다.

"도망가, 길창!"

나는 내 눈앞에 펼쳐진 광경을 보고도 믿을 수가 없었다. 두 눈을 비벼 보고 손가락으로 찔러 본다 해도 이것은 현실이었다. 조각난 이 세상의 틈바구니에서 정애란의 모습이 보였다. 정애란이 회색 안개에 휩싸였다. 머리보다 몸이 먼저 반응했다. 크레인문 스텝! 눈앞을 가로막은 벽을 발로 차서 딛고 한쪽 발을 걸쳐 담장 위로 올라섰다. 회색 기둥에 휩싸여 점점 사라져 가는 정애란을 향해 손을 뻗었다. 하지만 역부족이었다.

"길창, 어서 도망쳐! 빨리!"

정애란은 내 손을 뿌리쳤다. 회색 안개는 단숨에 정애란을 집어삼켰다. 그 애의 검은 머리칼이 회색빛으로 변하고 안개에 녹아들었다. 그 애가 사라진 곳은 막다른 벽이었다. 발을 딛고 올라선 건물 너머에는 아무것도 없었다. 누군가 그 애가 문 너머로 들어가지 못하게 막은 것이다, 살아 있는 증거가 되지 못하도록.

내가 딛고 선 세상은 마치 아무 일도 없었다는 듯 고요했다. 골목으로 과일 트럭이 들어서자, 담장 너머로 개들이 짖어 댔다. 뒤를 돌아봤다. 파란 대문 집이 사라졌다. 애당초 이 세상에 존재하지 않았던 것처럼 정애란네 집이 없어졌다. 단단한 벽뿐이었다.

휴대전화에도, 그 어디에도 그 애의 흔적은 남아 있지 않았다. 정애란과 함께 갔던 길을 걸어 수요 집회에 참석했다. 끝이 보이지 않는 외침 속에서 나는 낯익은 얼굴을 찾아내려고 몸부림쳤다.

'정애란 할머니는?'

할머니의 모습이 보이지 않자, 나는 다급해졌다. 할머니들을 보살피는 봉사자에게 물었다.

"몸이 많이 편찮으세요. 병원에 입원하셨어요."

봉사자의 말이 끝나기가 무섭게 나는 병원으로 향했다. 그 애를 찾을 수 있을지도 모른다는 기대감이 나를 달리게 했다. 할머니는 그 애와 나를 연결하는 마지막 고리가 아닐까?

'정애란, 네 멋대로 사라지지 마!'

병실 문 앞에 적힌 명패를 보면서 나는 두 눈을 질끈 감았다. 천천히 심호흡을 하고 병실 문을 열었다. 그 애가, 그 애가 있기를······.

나의 바람은 바람으로 끝났다. 파리한 낯빛의 정애란 할머니가 침대 위에 누워 있었다. 나는 할머니의 팔로 흘러 들어가는 링거 수액을 주시했다. 할머니의 가는 숨소리는 수액이 똑똑 떨어지는 박자와 같이하고 있었다. 뼈마디가 도드라진 앙상한 몸은 모진 세월을 고스란히 짊어진 증거였다. 한때는 여리고 생기 넘쳤을 몸이, 한때는 사랑받고 보살핌을 받았을 몸이 지금은 새하얀 병상 위에

잔인한 역사의 제물로 누워 있다.

정애란 할머니가 위독했다. 나는 뭐라 말로 설명할 수 없는 마음으로 병실을 나섰다. 정애란 할머니의 보호자인 수녀님이 내 곁에 앉았다. 중환자 병동 휴게실은 한산했다. 어떤 사람은 창가에 붙어서서 누군가와 통화하고 있었고, 어떤 사람은 구석 자리에 앉아 졸고 있었다. 나와 수녀님은 텔레비전 화면에 시선을 고정했다.

"친구 소식은 여전히 없어요?"

내 사연을 안 수녀님이 조심스럽게 물었다. 나는 고개만 끄덕였다.

"할머니…… 괜찮으시겠죠?"

나 역시 조심스럽게 물었다. 수녀님은 텔레비전에서 시선을 거두지 않았다. 슬쩍 곁눈질로 수녀님의 얼굴을 살폈다.

"수요 집회의 산증인이신 할머니들이 거의 돌아가셨어요."

기묘한 표정이었다. 웃지도, 울지도 못하는 얼굴……. 그 어떤 위로의 말도 섣불리 건넬 수 없는 얼굴이었다.

"그 친구를 다시 만나면 꼭 전해 줘요. 할머니들의 이야기를 모으고 있었거든요."

수녀님이 내 손을 잡았다. 그리고 내 손등을 토닥토닥 두드렸다. 위로였다. 수녀님이 병실로 돌아가고 홀로 남은 내 손에 쥐어진 것은 글이 씌어 있는 종이였다. 손에 꼭 쥐고 수없이 폈다가 접었다가를 반복했을 종이……. 종이는 할머니가 살아왔을 힘겨운 세월만큼 굴곡이 가득했다.

꽃 같은 처녀 애들은 어디로 흘러갔나.

전쟁터로 갔지.

수많은 사연을 안고 트럭에 실려,

기차에 실려 먼 땅을 향해 흘러갔지.

어디서든 꽃은 핀다고 걱정할 것 없다고

꽃 같은 처녀 애들은 제 자신을 다독였지.

무엇이 우리를 기다리고 있는지 알지 못했어.

그저 가족을 위해 돈을 벌러 간다고⋯⋯.

어느 학교 운동장에 모여 한껏 들떠 있었지.

작은 보따리를 들고 트럭에 올랐지.

더러 가지 않겠다고 발버둥 치며 우는 이도 있었어.

하지만 그뿐이었지.

작은 보따리 안에는 새로 장만한 하얀 버선이 세 켤레 있었어.

어딜 가나 여자는 발을 보이면 안 된다.

어딜 가든 발을 가꾸렴. 불행은 발끝에서부터 온다.

산세가 험한 어느 군부대에 도착했지.

방직 공장에서 일하는 것이라고 들었는데⋯⋯.

꽃은 어디서나 핀다고,

험한 산에도 꽃은 핀다고,

꽃 같은 처녀 애는 주위를 빙 둘러싼 산세를 살폈지.

품에 안은 작은 보따리를 쥔 손에 힘이 들어가는 것은 무엇
때문이었을까.

조금 꺼림칙했지만 군인들의 터진 옷가지를 꿰매고 빨래를
시키려나 보다 했지.

하지만 내가 도착한 곳은 어두컴컴한 동굴 안이었어.

꽃을 피우기에 너무 어두운 곳이었지.

가마니로 동굴 입구를 막아 놓은 곳에서 나는 무얼 하나.

가마니를 깔아 놓은 바닥에 주저앉아 떨고 있는데 그들이 들
어왔지.

칼날 같은 바람이었어.

품 안의 보따리가 찢겨지고 보따리 안의 새하얀 버선들……

그 위로 군홧발이 어지럽게 휘날렸지.

아가, 불행은 발끝에서 온다…….

세상의 빛을 본 것은 그때가 마지막이었어.

꽃잎은 떨어지고

다시는 꽃을 피울 수 없는 세월이 하염없이 흘러갔지.

꽃 같은 처녀 애들은 어디로 흘러갔나.

손안에서 종이가 구겨졌다. 힘을 주어 쥐고 있지 않으면 이 이야기가 정애란처럼 사라질 것만 같아서 나는 있는 힘껏 종이를 움켜쥐었다. 밤이 점점 깊어 갔다.

할머니들의 이야기를 머릿속으로 되짚었다. 내가 이 세상에 태어난 이유, 하고 많은 사람들 중에 나인 이유는 분명했다.

'반드시 널 찾을 거야, 다시 내 앞에 나타나 이상한 고백을 하도록 말이야.'

그 애가 나에게 남긴 이야기를 떠올리며 나는 떨지 않으려고 안간힘을 썼다. 그것은 이 땅의 수많은 정애란들의 이야기였다.

'길창, 문을 열어 줘. 문 안의 내가 영원할 수 있도록.'

'문 안에서 나를 봤어. 네가 기억하는 한, 네가 점프를 하고 문을 여는 순간 나는 영원히 살 수 있어.'

고백이 아니라 약속이었다. 우리의 이야기들은 우리 머릿속에서만 존재한다. 유린당한 그 애의 몸속에서는 전쟁의 시간과 지옥보다 못한 시간만이 흐른다. 어떤 공식적인 기록도, 문서도, 자취도 없는 야만의 시간을 오로지 망가지고 짓밟힌 몸이 기억한다. 나는 그 애가 반복했을 야만의 시간이 무참하게, 허무하게 사라지지 않도록 달려야 한다.

할머니는 아주 잠깐 정신을 차렸다. 병실에 있던 나를 발견하고 아주 작은 손짓으로 불렀다. 나는 할머니의 가는 숨소리를 들으며 할머니가 보여 준 낡은 사진에 시선을 빼앗겼다.

"그 애지? 나와 함께 모진 세월을 겪은 친구지. 이름도, 나이도 같 았지."

정애란이었다. 낡아서 바스러질 것 같은 흑백사진 속 여자애는 분명, 나에게 고백을 서슴지 않았던 정애란이었다.

"그 애가 찾아왔던 게로구나. 잊지 말아 달라고 찾아온 게야."

그 말을 마치고 할머니는 깊은 잠에 빠졌다. 나에게만 보이고 나 에게만 말을 건넸던 그 애. 나는 병원을 나왔다.

불이 꺼진 가로등 앞에 서서 나는 평화의 소녀상을 바라보았다. 다른 건물들 앞은 가로등 불이 환히 밝혀져 있는데, 소녀상이 가까 이에 있는 가로등만 불이 꺼져 있었다. 어둠이 드리운 자리의 끝, 나는 소녀의 발을 살폈다. 맨발이었다. 한복 차림의 소녀의 발에는 아무것도 신겨 있지 않았다. 보따리 속의 작은 버선들을 잃어버렸 을 테지.

아가, 불행은 발끝에서 온다…….

주문처럼 귓가를 맴돌던 성애란 힐미니의 목소리가 내 심장에 문신처럼 새겨졌다. 천천히 무릎을 굽혀 소녀상의 발을 마주하고 앉았다. 다섯 개의 가지런한 발가락을 손으로 쓰다듬어 본다. 온기 가 느껴진다. 착각일까? 셔츠를 벗어 소녀의 발에 묶어 주었다. 새 하얀 셔츠가 소녀의 발에서 꽃신처럼 빛을 발했다.

왜 그랬을까? 손을 뻗어 소녀를 가슴에 안았다.

"애야, 그런 비극이 없었다면 나에게도 눈부신 청춘이란 게 있었을지도 몰라."

나를 끌어안은 채 귓가에 속삭이던 정애란 할머니의 낮고도 포근한 목소리가 들려왔다. 입술을 지그시 깨물었다. 차가운 소녀상이 더 이상 차갑게 느껴지지 않았다.

"네 심장이 나를 기억하는 한, 달리는 것을 멈추지 않을게."

이번엔 나의 고백이다. 소녀상의 눈동자에 금빛 눈물방울이 맺혔다. 금빛 눈물방울은 작은 새가 되어 어둠이 들어찬 하늘로 날아올랐다. 작은 새는 작은 별이 되고 빛이 되어 밤의 어둠을 녹이기 시작했다.

또다시 회오리바람이 불어온다. 절대 겁먹지 않겠다. 온몸이 헝클어진 퍼즐 조각이 된다고 해도 두렵지 않다. 지옥 같은 고통이 나를 엄습한다고 해도 이겨 낼 거다. 내가 내디딜 발자국들은 보다 견고한 미래가 될 것이다.

"길창!"

정애란의 모습은 보이지 않았지만 내 이름을 부르는 목소리의 주인이 누구인지 똑똑히 알았다.

달린다. 내딛는 걸음마다 꽃이 핀다. 구르고 붙잡는 벽과 난간마다 꽃잎이 제 모습을 드러낸다. 몰려오는 회오리바람이 세상을 조각내도 내가 내딛는 발자국마다 핀 꽃잎은 망가뜨리지 못한다.

그날의 비극이 시작된 곳에서
영원을 약속하는 문이 움직이리라.

나는 이 시간을 지금 뛰어넘어 간다. 이 밤이 지나면 또다시 수
요일이 시작된다.

회오리의 소용돌이가 거세질수록 온갖 비명과 울음소리가 하늘
끝으로 날아갔다. 나는 있는 힘껏 발을 굴렀다. 난간을 박차고 몸
을 창공으로 던졌다. 달빛이 허공에 뜬 내 몸을 감쌌다. 은은한 빛
이 보호막이라도 된 듯 회색 소용돌이를 밀어내고 있었다.

무중력 상태라고 착각할 만큼 몸은 가볍고 하늘을 나는 듯했다.
소녀상의 등 뒤에서 보았던 작은 나비가 내 주위를 맴돌았다.

"길창, 문을 열어 줘. 영원히 살아 있는 증거가 될 수 있게!"

그것은 신호였다. 나는 자리를 박차고 일어나 일본 대사관 건물
앞의 여러 장애물을 뛰어넘었다.

나는 허공을 달린다. 백조처럼 우아하게 움직인다. 두 발을 모으
고 무릎을 구부린다. 몸을 뒤로 기울이며 팔을 뒤로 살짝 밀고 점
프한다. 셀 수 없을 만큼의 위험이 나를 기다리고 있다 해도, 더는
버틸 수 없을 것 같은 공포와 고통이 찾아온다고 해도, 리턴! 영원
히 지속될 우리들의 수요일을 향해 나는 달려간다.

달빛이 쏟아지고 굳게 닫혀 있던 문이 활짝 열린다. 나는 천 번
이고 만 번이고 오늘의 문을 계속 열 것이다. 영원히 반복될 우리

들의 수요일을 위해 지금 뛰어넘어 간다, 시간의 벽을!

익숙한 얼굴이, 그리운 얼굴이 나를 향해 웃고 있다.

www.selling_shadow.co.kr

창밖과 다른 세계, 책상에 앉은 아이들에게는 그림자가 없었다.
찬란한 오월 햇살이 스며들지 않는 고3 교실에서
그림자 따위가 무슨 소용일까?

은밀한 거래를 알게 된 것은 우연이었다. 학교 앞에서 나눠 주는 학원 홍보 전단지에서 나는 기이한 사이트 광고를 발견했다. 처음에는 별것 아닌 그렇고 그런 학원 광고이겠거니 하며 무심히 봤다. 방학 특강 판촉물들 사이에서 발견된 작은 포스트잇은 누군가의 장난 같았다.

포스트잇에 적힌 글자는 인쇄가 아니라 누군가가 손으로 직접 쓴 글씨였다.

www.selling_shadow.co.kr

"아이, 재수 똥이네."

누가 쓰던 포스트잇을 다시 포장해서 돌리나 싶어 기분이 찜찜했다. 고3이 된 후로 별것도 아닌 것에 예민해졌다. 쓰레기통에 캔을 던졌을 때 골인이 되지 않거나 아파트 단지를 무심코 걷다가 개똥이라도 밟으면 대입 시험에 실패할 것 같다던가 하는 식이었다. 포스트잇의 글자를 무시하지 못하는 나도 문제였다. 자꾸 눈길이 가고 작은 종이 쪼가리가 행운의 편지처럼 느껴지는 것이었다.

"셀링 섀도? 하, 별걸 다 팔고 사네. 글씨나 잘 쓸 것이지."

사이트가 적힌 포스트잇을 뜯어서 버리려는데 다음 장에 역시 누군가의 손 글씨가 흔적을 드러냈다.

"반드시…… 돌려받는다? 뭔 소리야?"

암호문 같은 문구에 호기심이 일었다. 휴대전화를 꺼내 포스트잇에 적힌 사이트를 검색했다. 찾을 수 없는 사이트라는 안내가 뜰 뿐이었다.

"야, 뭘 보냐? 야동?"

"아침부터 무슨 야동이야, 신성한 교실에서."

규, 녀석은 소리도 없이 꼭 뒤에서 슬며시 나타났다.

담임이 조례를 하러 교실로 들어왔다. 고3이란 말을 또 수도 없이 하겠지. 담임의 조례와 종례 내용은 늘 똑같았다. 입시 전쟁에서 반드시 살아남는 것만이 인생에 있어서 승리하는 것! 승리하는 것만이 우리가 살길이며, 백 세 시대를 앞두고 행복한 인생의 발판이라도 마련해 볼 수 있다는 것!

교탁 앞에 서기도 전에 담임은 마지막과 최선이란 말을 수없이 해 댔다. 단어 조합만 드문드문 듣는다면, 지구 종말의 날이 다가오고 있다는 착각에 빠질지도 모르겠다. 지구 종말의 날까지 최선을 다해 공부하는 것이 이 땅에 있는 고3의 숙명이기도 했다.

활짝 열어 놓은 창문으로 바람이 불어왔다. 커튼이 나풀거리는 것이 참으로 여유로워 보였다. 창밖으로 비치는 햇살이 눈부셨다. 나도 모르게 인상을 구기며 하늘과 구름과 햇살을 넋 놓고 구경했다. 은행나무 가지에 작은 새 한 마리가 앉았다. 나뭇잎 사이로 작은 새의 그림자가 드리웠다. 나는 고개를 돌려 교실 안을 둘러보았다. 창밖과 다른 세계, 책상에 앉은 아이들에게는 그림자가 없었다. 찬란한 오월 햇살이 스며들지 않는 고3 교실에서 그림자 따위가 무슨 소용일까? 어차피 꼭두새벽에 집을 나와서 해가 진 뒤에나 귀가하는 일상이 반복되고 있는데.

1교시는 수학이었다. 망했다. 창밖의 작은 새가 포물선을 그리며 나뭇가지를 박차고 비상했다.

기말고사가 끝났다. 언제나 그랬듯이 시험은 지루했고 사람을 피곤하게 만들었다. 과외까지 받았음에도 불구하고 함수 문제는 제대로 손도 대지 못했다. 손바닥만 한 OMR 카드 한 장에 체크한 답안 하나로 인생이 엄청나게 바뀔 것이라고 떠들어 대는 담임의 말을 믿을 만큼 순진한 고3은 없었다. 그럼에도 불구하고 아이들은 저마다의 이유로 제 점수에 발목을 잡혔다. 담임은 한 과목, 한 과목 시험을 치르고 나면 반장을 통해 답지를 보내서 가채점을 하게 했다.

반장이 정답을 외칠 때마다 교실 여기저기에서 환호와 비명이 뒤섞였다. 이깟 점수 아무려면 어떻다고, 하며 간단히 생각하고 싶지만 그것은 어디까지나 마음뿐이고 나 역시 시험지에 적어 놓은 답을 맞춰 보고 있었다.

"아, 망할! 장마냐?"

자조 섞인 독백을 하고 말았다. 활짝 열어 놓은 교실 창으로 초여름 바람이 불어왔다. 밖에서는 제초 작업이 한창인지 풀 베는 기계 소리가 요란했다. 시험 기간을 감안해서 미루었던 작업일 것이다. 고등학교 교정에서 자라는 풀은 학생들의 시험 기간에 맞춰 재정비되는 셈이었다. 바람에 흔들리는 커튼 사이사이로 갓 베인 풀 내음이 물씬 풍겼다.

누군가 반장에게 답 좀 크게 말하라고 아우성쳤고 짜증이 난 반장이 인상을 잔뜩 구기더니 창문을 닫으라고 소리쳤다. 서술형 주관식 답을 부르다 말고 반장은 목이 아픈지 칠판에 답을 적기 시작했다. 눈으로 쓰윽 훑어보니 점수에 큰 기대를 하지 않는 편이 정신 건강에 좋을 것 같다는 생각이 들었다.

나는 채점하다 만 시험지에 만화를 그렸다. 시험지에 멍석말이를 당한 남자애의 모습이었다. 남자애는 나를 닮아 있었다. 벌렁 누운 남자애의 등 뒤로 그림자인지 피 얼룩인지 모를 시커먼 자국을 명암으로 그려 넣었다.

"야, 온수완! 너희 엄마한테 시험 문제 좀 찍어 달라고 하지 그랬냐?"

규였다. 규는 만화가 그려진 내 시험지를 앞뒤로 훑어보더니 도대체 몇 점이냐고 중얼거렸다. 컴퓨터용 사인펜으로 묘사된 인물의 눈썹이 유달리 짙게 칠해졌다. 아버지가 보는 관상학 책에 남자는 눈썹이라고 했다. 눈썹의 숱이 많고 진해야 뭐가 되어도 된다고 적혀 있었다.

"우리 엄마가 학교 시험 문제 출제자냐?"

툴툴거리지 않으려고 했지만 짜증은 목소리에 그대로 묻어났다.

"영재 학원 원장이면 내신이면 내신, 수능이면 수능! 전부 꿰고 있는 거 아니었나?"

규는 확신에 찬 태도로 내 어깨를 두드렸다. 귀찮은 마음에 녀석의 명치에 주먹을 날렸다. 주먹에서 힘을 뺐는데도 규는 오버하며 비명을 질렀다.

"그런 건 귀신이나 가능한 거야."

엄마는 귀신이었다. 강남권에서 '영재 학원' 하면 알 만한 사람은 다 아는 유명인이었다. 학부모들 사이에서 엄마는 특급 몸값을 자랑하는 학원 원장이었다. 영재 소리를 듣던 두 누나 덕분에 엄마는 누나들이 학교 다니는 동안 돼지 엄마 노릇을 톡톡히 했다. 그러고 나서 누나들의 고교 졸업과 동시에 학원을 차렸다. 소규모 정예를 콘셉트로 한 입시 학원이었고 결과는 대박이었다.

가채점이 거의 끝나 갈 무렵 담임이 복도로 나를 불렀다.

"아얏! 선생님, 거긴 중요 부위입니다."

담임이 출석부로 내 가슴팍을 쿡쿡 찔렀다. 담임은 자신의 행동을 나름 관심의 표현으로 생각하는 듯했지만 모서리에 젖꼭지가 찔리자 통증이 몰려왔다. 비명을 지르자 담임은 조언이랍시고 내게 비수를 날렸다.

"고3 몸뚱이에서 중요 부위는 젖꼭지가 아니라 뇌다. 두뇌! 아프냐? 네 점수 보실 어머니는 얼마나 마음이 아프시겠냐? 다른 분도 아니고 입시 최고 전략가이신 분의 아드님 점수가 이래서 쓰냐?"

엄마는 내 인생의 복병이었다. 입시 최고 전문가라니, 웃기지도 않은 담임의 말에 콧방귀가 나오려고 했다. 선생님들 사이에서 우리 엄마를 대놓고 '초극성'이라고 부르는 것을 내가 모르는 줄 아는가 보다.

"죄송합니다. 저한테 다음이 있다면 더 열심히 하겠습니다."

"그래야지. 끝날 때까지 끝난 게 아니야, 온수완. 집안 전적을 보더라도 네 DNA는 무궁무진한 가능성이 있다. 알겠느냐?"

내가 알기로 담임의 전공은 생물이 아니라 한국사였다. 고조선 건국 이래, 우리 집안의 유전자 기록이 역사 관련 책자에 남아 있는 것이 아니라면, 담임의 이러한 단정적인 발언은 그냥 뻥에 지나지 않았다.

"사내놈이…… 한번 보여 줘야지! 누나들한테 밀려서 쓰나!"

담임의 문제는 우리 집 가정사를 꿰뚫고 있다는 점이다. 내 성적을 두고 누나들과의 남녀 대결 구도로 자연스레 짜 넣는 것이 담임의 특기이기도 했다.

전교 일 등은 아무것도 아니라는 듯 성적표에 당연히 새겨 오는 누나들은 나와 노는 물이 달랐다. 모의고사를 보더라도 누나들은 전국 상위 석차를 차지했다. 초등학교 때 누나들의 성적표에 약이 올라서 작은누나의 모의고사 성적표에 낙서를 했다. 나의 만행을 본 작은누나가 한마디 하려는데 큰누나가 작은누나한테 한 말은 끔찍이도 인상적이었다.

"해란아, 수완이 혼내지 마. 그깟 게 뭐라고. 다음 모의고사 때 또 받으면 될 성적이잖아."

나는 죽었다 깨어나도 이루지 못할 일들이었다. 입시에서 전국 수석을 차지한 큰누나의 뉴스 인터뷰는 집안의 자랑은 물론이고, 아는 사람들 사이에서 회자되고는 했다.

담임에게 한 번 더 중요 부위를 공격당하고 교실로 들어오자, 규가 자기 시험지를 팔랑 흔들었다.

"수학 점수 더 내려가면 방학 때 엄마가 기숙 학원에 처넣어 버린다고 했는데……. 제대로 망했네."

가채점이라고는 했지만 성적표에 기입되는 점수와 오차 범위가 0.1퍼센트도 되지 않았다. 뉴스 일기예보에는 온통 가뭄이라며 야단이었지만 내 시험지는 장마가 따로 없었다. 어깨 너머로 힐끔대던 규가 내 손에서 시험지를 낚아챘다. 뭔가 대단한 점수를 기대하고 가져간 모양인데 금세 바람 빠진 풍선처럼 피식거렸다.

"수완아, 수완 좀 발휘해라. 진짜 창의력 없는 점수야. 눈에 띄게 뛰어나지도, 그렇다고 요주의 인물로 찍힐 정도로 바닥도 아니고. 쯧쯧."

시험이 끝났지만 갈 곳도 없었다. PC방이다, 노래방이다, 삼삼오오 몰려가는 아이들 등짝만 멀거니 바라볼 뿐이었다. 만사가 귀찮았다. 집에 가서 낮잠이나 자면 딱이겠다. 아버지가 오늘은 볼일이 있어서 밖에 나간다고 했으니 간만에 혼자만의 시간을 가질 수 있을 거였다. 이어폰을 귀에 꽂고 횡단보도를 건넜다. 음악을 듣지는 않았다. 귀에 이어폰을 꽂고 있으면 세상이 편했다. 누군가 말을 걸어도 못 들은 척하기에 좋고 꼴 보기 싫은 세상과 단절된 느낌이랄까? 세상이 날 외면하는 것이 아닌, 내가 세상을 향해 방어막을 쳐버린 느낌이 좋았다. 버스에서 자리 한번 양보했다가 몇 학년이냐, 공부는 잘하냐, 어느 대학에 갈 거냐, 기껏 성적을 말했더니 공부 못해서 앞으로 어찌 살 거냐는 소리를 들은 후로 밖에 나갈 때는 무조건 이어폰과 한몸이 되었다.

아파트 단지 샛길로 들어서자, 중학생으로 보이는 여자애 무리가 한 애를 둘러싸고 있었다. 수적으로 열세임에도 불구하고 당하고 있는 단발머리 여자애는 당당했다. 무리가 돌아가며 머리를 툭툭, 기분 나쁘게 때리는데도 눈 하나 깜짝 않고 때릴 테면 때려라, 하는 도도한 자세를 유지했다.

"네가 뭘 믿고 까부는지 모르겠지만, 네 그 뚜껑이 눈에 거슬려!"

들어 보니 무리는 여자애의 머리 스타일이 마음에 안 든단 소리였다. 자로 잰 듯 반듯하게 자른 단발머리가 재수 없다며 아이들은 돌아가며 여자애의 머리를 흩트려 놓았다. 가만히 맞고만 있던 단발머리가 입을 열었다.

음악이 흐르지 않는 이어폰 사이로 단발 여자애의 목소리가 흘러 들어왔다.

"너희, 내가 내 영혼을 팔아서라도 복수하면 어쩌려고 이래?"

내가 듣기에도 허망하기 짝이 없는 헛소리였다. 그러자 무리의 대장 격으로 보이는 아이가 악을 썼다.

"이년아! 이미 복수했잖아! 그 괴상하기 짝이 없는 데에다 거래했다며? 셀링 섀도! 네깟 게 날 뛰어넘는다는 게 말이 되니?"

여자애 무리들은 단발머리가 뭔가로 대장 격인 긴 머리 여자애를 앞질렀다고 우기는 것이었다. 그러나 단발 여자애의 눈동자에는 흔들림이 없었다. 무리 중 한 명이 단발머리를 향해 바닥을 찼다. 흙먼지가 일었고 단발머리가 소리를 지르며 눈을 감았다. 나는 아무엇도 들리지 않는 듯 그 자리를 지나쳤다. 흙먼지 사이로 단발머리의 그림자가 기묘하게 찌그러지는 것을 목격했다. 분명 단발머리는 허리를 수그리고 몸을 웅크렸는데 단발머리의 그림자에 흔적이 사라진 것은 머리가 아니라 허리 아랫부분이었다.

'아, 내가 미쳤구나! 시험까지 잡쳐 놓고 이제 시력에도 문제가 생긴 거냐.'

나는 스스로에게 안과 검사가 필요하다며 중얼댔다. 빠른 걸음으로 아파트 단지의 샛길을 벗어났다. 볼륨을 낮춘 이어폰 틈새로 단발머리의 비명 소리가 들려왔다. 나는 발걸음 속도를 떨어뜨리지 않으려고 뛰기 시작했다.

"잘하자."

잘하자는 아버지의 말은 누구를 위한 말이었을까? 스스로에게 건네는 주문이었을까, 아니면 엄마와 마찬가지로 나에게 보다 나은 성적을 요구하는 의미였을까? 후자로 보기에 아버지의 눈빛이 너무 슬퍼 보였다. 아버지의 눈은 마치 세상 모든 퇴직자들의 감정을 대변하는 듯했다. 더 이상의 A/S도 불가능한 폐기 처분의 부품처럼 아버지는 부서질 듯 위태로워 보였다.

"더 이상 뭘 어떻게 잘해요?"

"그냥…… 어떻게든……."

세상에 이렇게 대책 없는 대답이 또 있을까 싶었다. 아버지는 어떡하다가 '그냥, 어떻게든'이란 단어를 내뱉는 사람이 되었을까? 아무리 엄마가 집안 경제를 책임지고 있다지만, 그깟 반상회에 참석하지 않아 벌금 만 원을 물게 되었다는 이유로 아버지를 구석에 몰린 쥐처럼 대하는 건 옳지 않았다. 아버지가 가장이었을 때, 엄마는 반상회에 종종 불참했다. 그리고 당당하게 벌금을 물었다. 그래도 아버지는 군소리 한번 하지 않았다.

방으로 들어와 침대에 누웠다. 책상 앞에 앉지 않았다는 것을 알면 엄마가 또 난리 칠 테지만 아무래도 좋았다. 침대에 눕자, 누나들의 성적표를 표구한 액자가 눈에 들어왔다.

이런 괴상한 집도 없을 테지. 엄마는 나에게 자극을 받으라며 누나들의 성적표를 표구했다. 이놈의 집은 가훈 하나 없으면서 저딴 것을 액자로 걸어 놓다니! 부아가 치밀었다. 나는 벽을 향해 발길질했다. 하지만 내 두 발은 허망하게 공중에서 버둥거리다가 침대 위로 툭 떨어졌다. 발이 침대로 떨어질 때마다 침대 스프링이 삐그덕거렸다. 귀에 거슬렸다.

밖에서 엄마가 아버지를 다그치는 소리가 들렸다. 내용은 늘 똑같았다. 언제까지 놀 거냐는 엄마의 악다구니. 창의력, 창의력 학습 운운하면서 아버지를 다그치는 엄마의 레퍼토리에서 창의력이라고는 눈 뜨고 찾으려야 찾을 길이 없었다. 이놈의 집은 최고급 아파트라고 광고나 할 줄 알았지, 방음에 있어서는 빵점이다. 반평생을 벌어 먹이고도 저런 대접을 받는다면 남자의 일생이란 것, 가장의 삶이란 것은 정말 노답이라고밖에 할 수 없다.

"나 같으면 지겨워서라도 벼룩시장 구인 광고라도 뒤져 보겠네."

엄마의 악다구니에도 아버지는 아무 말이 없었다. 나는 아버지를 대신해 침대에 누워 휴대전화로 이것저것 인터넷으로 찾아보았다. 구인 구직 광고는 보란 듯이 아버지를 따돌리고 있는 듯했다.

"뭐 하자는 거야? 경력자를 원한다면서 나이 많으면 안 되고 학력이 지나쳐도 곤란한 건 뭐야? 경력자 기술은 빼먹겠다면서 월급은 쥐꼬리고……. 이거 완전 사기네, 사기."

아버지를 생각하며 구인 광고를 보니 혼잣말이 절로 나왔다. 구인 광고의 병폐에 대해 신나게 욕이라도 퍼부으려는 찰나, 희미한 효과음과 함께 휴대전화 화면에 그림자 하나가 일렁거렸다. 별의별 광고 앱이 등장하는 요즘이다.

www.selling_shadow.co.kr

이쯤 되면 운명이다. 삼고초려도 아니고 우연이라고 하기에도 이 정도면 운명이라고 봐야 했다. 속는 셈 치고 그림자 사이트에 접속을 시도했다. 어쩐 일인지 단 한 번에 접속되었다. 며칠 전에 시도했을 때는 분명 찾을 수 없는 사이트라고 떴다. 그런데 오늘은 제 발로 사이트 앱이 깔리고 손쉽게 접속되었다.

당신의 영혼을 환영합니다!

내 영혼에 대해 나는 단 한순간도 궁금한 적이 없었다. 그러니 환영할 일도, 잘 가라고 손 흔들어 줄 일은 더더욱 없었다. 그림자를 팔라는 기이한 사이트에 들어왔더니 뜬금없이 내 영혼을 환영한다니! 이게 무슨 자다가 봉창 두드리는 소리란 말인가. 나조차도 모르는 내 영혼의 정체를 사이트는 열렬히 환영하고 있었다. 혹시나 하는 마음에 내 이름 대신 엄마의 이름과 생년월일을 입력했다.

selling_shadow에서는
십 대들의 그림자만을 사고팔 수 있습니다.

사이트에서는 내가 십 대임을 증명할 인증 사진까지 요구했다. 나는 침대에서 일어나 벽에 걸린 교복을 찍었다. 교복으로는 십 대임을 인정할 수 없다는 경고문이 떴다. 나는 가방을 뒤져 증명사진이 있는 학생증을 인증 사진으로 보냈다. 잠시 뒤, 사이트의 화면이 새롭게 바뀌었다.

"하, 이래서 십 대만 받는 거였구먼."

셀링 섀도 사이트에서 팔 수 있는 것은 그림자, 그들이 원하는 것은 십 대들의 건강한 그림자였다. 그리고 그림자의 대가로 제공하는 것은 성적이었다. 왜 이 사이트의 기묘한 홍보가 학원 전단지 사이에 끼워져 있었는지 납득되었다.

나는 내가 원하는 점수를 기입했다. 수능 점수 만점을 기입하자, 불가능 판정을 받았다. 화면에서 붉은 망치가 나타나더니 희망 점수를 기입한 칸을 인정사정없이 내리쳤다.

고객님의 그림자로는
현실 불가능한 요구 점수입니다.

거지 같은 안내문이 화면에 등장했다. 내 그림자에도 가격이 책정되는 모양이었다.

"뭐 이러냐? 원하는 건 다 줄 것처럼 떠들어 놓고. 그림자에도 등급이 있냐!"

화가 나서 버럭 소리를 질렀다. 그러자 갑자기 화면에 그림자 등급 책정 테스트가 등장했다.

"별의별 테스트가 사람 열 받게 하네."

혼잣말을 했다. 그러면서도 테스트에 응하는 나는, 과연 십수 년을 시험에 길들여진 한 마리의 짐승이었다.

나는 자연스럽게 손을 움직였다. 모의고사 때도 하지 않았던 기도를 했다. 제발 그림자 테스트에서 조금이라도 높은 점수가 나올 수 있기를…….

불의를 참는 것은 숨쉬기보다 쉬운 일이었다. 그렇게 자라 왔으니까. 내 일이 아니라면, 내 점수에 아무런 영향을 미치는 것이 아니라면 쳐다볼 필요도 없는 일이라는 걸 학교란 공간에 들어선 순간부터 자연적으로 습득해 왔으니까.

내 그림자의 등급을 업그레이드시키는 또 다른 방법은 아주 고전적이었다. 일명 행운의 편지. 내가 처음 사이트 광고를 발견했던 문제의 포스트잇을 기억했다. 나도 포스트잇에 손 글씨로 광고 문구를 썼다. 개수는 정해지지 않았지만 스스로 욕심을 내지 않을 수 없었다. 포스트잇을 보고 나처럼 누군가가 사이트에 접속해서 거래를 시도해야지만 나의 그림자 등급이 상향 조정되는 것이었다.

"이게 무슨 다단계도 아니고."

내 그림자는 점점 옅어졌다. 그림자가 애당초 없던 사람처럼 그림자의 자취를 찾으려면 정오 햇살 아래에 서야만 발견할 수 있을 지경에 이르렀다. 점점 무섭기도 했지만, 정오의 햇살을 받겠다고 운동장 한가운데에 아무것도 안 하고 서 있을 고3이 어디에 있을까? 그림자 따위에 신경 쓸 고3은 없을 것이다.

9월 모의고사까지 시간이 얼마 남지 않았다. 여름방학 전에 그림자를 팔아서 점수를 만들어야만 했다. 조급한 마음에 행운의 손글씨를 쓰는 속도는 점점 빨라졌지만 이런 식으로 내 그림자의 등급을 올리는 것은 너무 원시적이었다.

"뭔가 다른 방법이 있을 건데……."

지금 나에게 필요한 건 속도였다. 편의점 파라솔에 앉아 사발면을 씹는 둥, 마는 둥 하며 포스트잇에 광고 문구를 적고 있을 때였다. 맞은편에 누군가가 풀썩 주저앉았다. 바나나 우유 하나가 테이블 위에 놓였다. 그 끝을 따라가니 낯익은 얼굴이 있었다. 단발머리였다. 그 애의 시선은 내가 쓰고 있는 포스트잇에 있었다.

"백날 써 봐야 포인트 올리기 힘들 거야."

"뭐?"

"셀링 셰도. 그림자 등급을 올리는 가장 빠른 방법은 친구를 팔아먹는 거야. 가능하면 절친을 팔아. 그러면 돼."

"너…… 무슨 소릴 하는 거야?"

단발머리가 바나나 우유를 쪽쪽 빨아 먹었다. 무표정한 얼굴로 나를 빤히 본 채, 빨대를 한참이나 물고 있더니 우유를 삼 분의 일가량 남겨 놓고 쓰레기통에 던져 버렸다.

"알면서 그래. 어차피 높은 점수 받으려면 내 친구부터 해치워야 하는 게 맞는 거잖아?"

학교에 입학하고 시험을 보기 시작하면서부터 친구와 사이좋게 지내야 하기도 하지만 좋은 성적을 받으려면 친구를 이겨야 한다는 사실도 잘 알고 있다. 하지만 그건 언제나 별개의 개념이었다, 나에게는. 시험 때는 그저 내 시험지만 잘 붙들고 있다가 답만 적으면 되는 일이었다. 나랑 장난치고 노는 친구들을 밟아야 한다는 생각은 하지 않았다. 어쩐지 그런 생각은 접점이 없는 허황된 이야기 같았다.

"넌? 네 친구를 해치웠냐?"

"……."

단발머리에게서 대답이 없는 것으로 보아 대충 알 것 같았다.

"전에 그 긴 머리? 걔, 팔았냐?"

이쯤 되면 나에게 불같이 화를 내거나 달려들 줄 알았다. 그러나 단발머리는 어깨를 으쓱해 보일 뿐이었다.

"응. 특목고에 진학해야 하니까."

나는 달리 할 말이 없었다. 일반고에 진학한 나도 대입을 앞두고 이렇게 고민인데 단발머리는 오죽할까 싶었다. 그런 내 마음을 알아차리기라도 한 것처럼 단발머리의 입에서 한숨이 흘러나왔다.

"내가…… 살아야 하니까."

나는 살아남는 것에 대한 공포가 막연한데, 나보다 어린 여자애는 누구보다 그 공포를 크게 느끼고 있는 것처럼 보였다. 쓰레기통에 버려진 바나나 우유의 샛노란 액체가 날파리 떼를 불러모으고 있었다.

규를 팔았다. 혹시나 했던 일이, 설마 했던 일이, 현실이 되는 순간이었다. 방학 전, 마지막 모의고사 때 커닝하는 규를 담임에게 찔렀다. 그래도 양심은 남아 있어서 문자로 규의 커닝 사실을 고발했다. 계획적으로 고발하고자 했기 때문에 증거는 충분했다. 시험

때 휴대전화 소지가 불가능해서 따로 초소형 몰래카메라까지 준비
했다.

'이게 다 규를 위해서야. 정직하게 시험을 봐야지.'

익명으로 제보된 나의 고발 문자 한 통에 규와 커닝 무리들은 학
생과로 불려 갔다.

"어떤 새끼인지 걸리면 가만 안 둬!"

자신의 결백을 증명하기에 불리한 말을 내뱉는 아이도 있었고,
끝까지 결백을 주장하는 아이도 있었다. 규는 어느 쪽도 아니었다.

"설마…… 정학이야 맞겠냐?"

한 명도 아니고 단체로 커닝한 것, 규가 주동자로 나섰는지 규의
설마는 현실이 되고 말았다. 규가 정학 처분을 받던 날, 나는 셀링
섀도 사이트에 접속했다. 나의 그림자는 로열 등급으로 업그레이드
되어 있었다.

"하아, 악질 새끼!"

나는 스스로에게 욕설을 서슴지 않았다. 내 자신이 쓰레기처럼
느껴졌다. 한편으로는 이제 시작이라는 생각이 들기도 했다. 어차
피 저지른 일이니 입시 전쟁에서 승자라도 되고 보자는 심정이었
다. 규도 내가 자신을 찔렀다는 사실을 모르니 괜찮을 것이다. 그
저 예전처럼 아무렇지 않게 친구로 지내면 그만이었다.

희망 점수를 기입하십시오.

드디어 사이트에서 나에게 '모든 것을 허락하겠노라'는 문구를 내보였다. 그동안 친구를 팔아넘기고, 점점 비열해질수록 내 그림자의 포인트는 조금씩 올라갔다. 이번에 규를 고발하면서 나는 가장 큰 점수 포인트를 얻을 수 있었다.

<u>귀하의 그림자는 로열 등급으로</u>
<u>고득점을 구입할 수 있습니다.</u>

나는 승자였다. 정학당하고 짐을 싸던 규의 뒷모습이 어땠는지 이제는 기억나지 않았다.

"앗싸, 살았다!"

내 입 밖으로 흘러나온 감탄사에 잠깐 흠칫했을 뿐이었다. 긴장한 탓에 희망 점수를 누르는 손에 땀이 났다. 나는 연신 바지에 손바닥을 훔치며 내 앞에 다가올 미래에 미소 지었다.

내 그림자가 사이트에 판매되었다는 사실을 알게 된 건 사흘 전이었다. 저녁 무렵이면 찾아오던 두통도 없었고, 그 어느 때보다 몸이 가벼워서 콧노래가 절로 나는 날이었다. 이상하게 몸이 가볍다는 느낌 빼고는 평소와 다를 것 없는, 무료하기 짝이 없는 고3의 하루였다. 규에게서 만나자는 전화만 없었다면, 여느 날과 다름없을 날이었다.

규는 우리가 늘 만나던 동네 놀이터에서 만나자고 했다. 일찍 도착한 탓에 철봉에 매달려 힘을 좀 뺐다. 거꾸로 매달려 놀이터 풍경을 눈에 담았다. 모든 것이 평화로워 보였다. 사이좋게 모래 더미에서 놀던 대여섯 살가량의 사내아이들이 다퉜다. 서로의 얼굴에 모래를 뿌리더니 울고불고 난리가 났다. 갑자기 눈앞이 핑 돌았다. 철봉에서 몸을 일으키는데 눈에 익은 여자애가 보였다.

"야!"

단발 여자애는 나를 돌아보지 않았다. 나라도 나를 '야' 따위로 부르는 인간에게 반응하지 않을 거였다. 단발머리 곁에 맴돌던 무리들이 나를 흘낏 보더니 놀이터 담장을 넘어가 버렸다. 흡사 도망치는 분위기였다. 무리 중 긴 머리 여자애가 익숙한 낯이었다.

"단발머리!"

벤치에 앉아 있던 여자애 둘이 나를 쳐다보았다. 나를 보지 않은 사람은 그 애뿐이었다.

"야, 너 말이야. 나 안 쳐다보는 애."

내가 떠들거나 말거나 단발머리는 시소에 우두커니 앉아 있을 뿐이었다. 마주하는 상대도 없는 시소에 앉아 무슨 청승인지 알 수가 없었다. 나는 몸을 일으켜 단발머리에게 다가갔다. 양해도 구하지 않고 시소 맞은편에 앉았다. 내 무게 덕분에 단발머리가 공중에 솟구쳤다. 보기보다 가벼운 탓인지 단발머리의 엉덩이가 시소에서 분리되었다.

"네 덕분에 나, 로열 등급으로 업그레이드됐다. 수능 때 내가 원하는 점수 얻을 수 있을 것 같아. 고맙다."

대꾸도 없이 단발머리는 나와 시소를 탔다. 네댓 번을 주거니 받거니 하며 시소를 타다가 단발머리가 입을 열었다.

"원하는 점수를 얻은 게 아니라 산 거지."

"어쨌거나."

나는 간단히 대답했다. 해질 무렵, 더운 바람이 나쁘지 않았다.

"절친을 팔았나 봐? 그렇게 빨리 로열 등급으로 올리기 쉽지 않았을 텐데."

"아, 무더기로 걸렸거든. 일타 쌍피! 도랑 치고 가재 잡고, 뭐 그런 거지."

이렇게 말하는 내 자신이 섬뜩하게 느껴졌다. 내 입으로 말하고 있지만 어쩐지 내가 아닌 기분이었다.

"오빠는 기분이 좋은가 봐. 그런데 어쩌냐? 오빠 친구는 기분이 완전 똥 같은데……. 지금 표정도 딱 그렇고."

"무슨 소리야?"

단발머리가 시소에서 뛰어내렸다. 나는 호되게 엉덩방아를 찧고 말았다. 등 뒤에 규가 있었다. 어디서부터 어디까지 들었는지 알 수는 없었지만 규의 표정은 단발머리의 말대로 엿 같았다.

나는 어디서부터 말을 꺼내야 할지 알 길이 없었다. 세상 그 어느 참고서에도 이런 때의 대처법에 대해서는 나오지 않았으니까.

그림자를 업그레이드시키고 난 후, 시험 삼아 기입했던 희망 점수대로 결과를 얻었다. 그때의 즐거웠던 기분이 온몸의 혈관을 타고 발아래로 빠져나가는 느낌이었다.

나는 규에게 설명했다. 그리고 놀이터 모래판에 무릎을 꿇었다. 규는 그런 나를 등 뒤로 하고 정글짐으로 올라갔다. 단숨에 꼭대기까지 올라간 규가 노을 지는 하늘을 멍하니 바라보고 있었다. 나는 규를 따라 정글짐에 올라가야 하나, 말아야 하나 갈등했다.

규가 내 쪽으로는 고개도 돌리지 않은 채 말했다.

"뭐 하냐, 거기서?"

올라오란 소리였다. 우리는 종종 어깨를 나란히 하고 정글짐 꼭대기에 앉아 수다를 떨고는 했다. 사내애들이 무슨 수다냐고 하겠지만, 별의별 시시콜콜한 얘기들을 나눴다. 여자애들 얘기, 집에서 혼난 얘기, 하다못해 몽정 얘기까지 디테일하게 정글짐 꼭대기에서 세상을 내려다보며 공유했다. 그런 유대감이 사라진 지금, 나는 정글짐에 올라가도 되는지 혼란스러웠다.

결국 정글짐에 올라갔지만, 규가 앉은 꼭대기에 발을 들이밀지 못했다. 대신 한 단 아래의 정글짐에 앉아 놀이터 너머를 바라보았다. 규와 다른 시선, 다른 높이의 세상이었다.

"괜찮냐? 그림자가 사라져도?"

뜻밖에도 규의 입에서 나온 소리는 나를 향한 질타가 아니었다. 음의 높낮이가 존재하지 않는 목소리였지만 규의 진심은 충분히 가늠할 수 있는 억양이었다. 바닥으로 떨어지지 않으려고 발에 힘을 주었다.

"미안하다."

"뭐가? 안 그래도 답답하던 차에 뜻하지 않은 방학이라고 생각하고 있어. 그러니까 난 괜찮아."

규의 대답을 듣는 순간, '내가…… 살아야 하니까.' 하던 단발머리의 목소리가 환청으로 다가왔다. 나는 휘청거리고 말았다. 살아야 한다고 말하던 단발머리의 얼굴이 곧 죽을 것 같았다면, 괜찮다고 말하는 규의 얼굴은 진짜, 괜찮아 보였다. 잘 살고 있는 자의 것이었다.

나는 내가 저지른 행동에 대해 변명하지 않았다. 변명한들 되돌릴 수 있는 일도 아니었고, 규가 원하는 것도 나의 변명 따위는 아닐 것이란 생각이 들었다. 그래도 규의 마음은 짐작할 수 있었다. 규는 끝끝내 나에게 정글짐 꼭대기, 자기 옆자리에 같이 앉자는 말을 건네지 않았다. 단지 이렇게 말했을 뿐.

"온수완. 너, 그렇게 팔았는데 원하는 점수 못 받으면…… 원하는 대학 못 가면 나한테 죽을 줄 알아."

그게 다였다.

반드시 찾는다. 마음은 이렇게 먹었지만 도대체 어디에 가서 내 그림자를 되찾아야 할지 알 길이 없었다. 그리고 가장 큰 문제는 휴대전화 속 질문자가 나에게 던진 한마디였다.

당신의 그림자가 어떻게 생겼는지
구체적으로 기재하십시오.
구체적인 특징이 필요합니다.

질문을 받는 순간, 눈앞이 하얗게 변했다. 태어나서 이제껏 내 그림자가 어떤 모양새인지, 특징이 무엇인지 생각해 본 적이 한 번도 없었다. 그림자는 내 것이지만 내 것이라고 확신할 만한 특징이나 기억이 존재하지 않았다. 세상이 이런 식으로 가다간 그림자 등록제라도 생기는 것이 아닐까?

수능을 코앞에 두고 모든 것이 엉망이 되었다. 기존의 입시 제도 틀이 완전히 뒤엎어졌다. 입시 학원이며, 교육 전담 케이블 방송이며 심지어 뉴스에서까지, 너 나 할 것 없이 새 입시 제도를 분석하는 전략법을 소개하기 시작했다. 그러나 명확한 것은 없었다. 또다시 언제, 어떤 방식으로 입시 제도가 바뀔지는 아무도 모르기 때문이었다. 세상은 늘 그래 왔다.

"이렇게 넋 놓고 있을 거야?"

규가 내 옆구리를 쿡 찔렀다. 야자 시간 내내 나는 문제집을 펼쳐 놓고 한 문제도 풀지 못했다. 어차피 답을 알지도 못했거니와 내 속이 지옥인데 그깟 문제가 눈에 들어올 리도 없었다.

나의 고민에 규가 아이디어랍시고 낸 것이 내 마음을 다독이기
보다 오히려 화만 돋우는 꼴이었다.

"야, 온수완, 그림자를 찾는다고 공지 올려 봐."

"빡규, 너 장난하냐? 내가 지금 중고 시장에서 물건 사냐?"

"뭐가 달라? 팔아 버린 네 그림자, 물건으로 치면 중고지."

"아, 이 자식……. 자기 그림자 아니라고 막 까네."

분명 내 목소리에 화가 잔뜩 묻어났음에도 불구하고 규는 아무
것도 아니라는 듯 가볍게 말했다.

"수완아, 그깟 그림자 없어도 사는 데 지장 없어. 서울대 가면 그
림자 따위 누가 신경 쓰겠어, 안 그래?"

평소 규답지 않은 말에 나는 가슴이 철렁 내려앉았다. 그러고 보
니 자신을 팔아넘겼다는 사실을 알고도 날 용서해 준 규였다. 지
금의 멘트를 날리는 규와 그때 날 용서해 준 규, 어느 쪽이 내가 알
던 규의 진짜 모습인지 헷갈리기 시작했다.

그림자가 없는 아이들이 기하급수적으로 늘었다. 급기야 텔레비
전 시사 프로그램에서 이 문제를 다루었다. 하지만 뾰족한 해답이
있는 것도 아니었다. 그림자를 팔았다고 인터뷰한 학생이 프로그램
을 위해 돈 받고 채용된 알바생이라는 소문이 인터넷에 떠돌았다.
그 소문이 조작된 소문이 아니란 사실은 그 알바생의 그림자를 누
군가 사진 찍어 커뮤니티 카페에 올렸기 때문이다.

그림자가 없다는 건, 불법을 감행한 자라는 낙인이나 다름없었다. 야자나 학원 수업을 핑계로 밤의 어둠에 숨어 살아야만 했다. 하지만 조명이 있는 곳에서 다른 아이들과 확연히 구별되는 그림자의 존재를 구할 방법은 또 다른 불법 거래뿐이었다. 낮 동안 일시적으로 '사기 그림자'를 생성하는 캡슐 알약을 복용했다. 캡슐 알약의 가격은 천차만별이었다. 대입까지 앞으로 넉 달만 버티면 될 테니까……. 그때까지 내 통장 잔고가 버틸 수 있기를 기도했다.

일류 대의 신입생 모집 공고에 새로운 사항이 공지되었다.

그림자가 없는 수험생은 입학이 불가합니다!
그림자가 없는 수험생은 본교 입학 시험에 응시할 수 없습니다.

반발 여론이 들끓었지만 세상에는 자신의 그림자를 지켜 낸 아이들이 다수였다. 그림자가 사라진 아이는 제 영혼, 제 양심을 팔아 버린, 지키지 못한 자로 간주되고 말았다. 나는 항변할 수도 없었다. 사실이니까. 나의 본모습을 지키기보다 성적에 모든 것을 던져 버렸으니까. 그렇다고 이대로 주저앉을 수는 없었다.

방법을 찾아야만 했다. 이 땅에는 많은 대학이 존재하고 갖은 입시 방법이 있으니 어딘가에 입시생의 그림자 유무를 따지지 않는 대학도 분명 있을 것이다. 염두에 두던 대학 홈페이지를 뒤지기 시작했다. 입시 관련 공지 사항 대부분에 그림자 없는 수험생의 입학

여부에 관한 안내가 올라와 있었다. 생각보다 쉽지 않았다. 정부의 입시 정책에 입각해 대학들은 하나같이 그 전에는 관심도 없었던 학생들의 그림자를 체크하겠다고 아우성이었다.

"내 그림자…… 살래?"

채팅 창을 통해 날아든 쪽지에 나는 비명을 지를 뻔했다. 입안이 바짝 말랐다. 온몸의 수분이 증발하는 기분이었다. 그래, 나도 피해자였다. 그래서…… 좋은 기회가 왔다. 안된 이야기지만 나부터 살고 봐야 했다. 대학은…… 나의 다음을 보장해 주는 최소한의 안전 장치였다. 다른 사람의 그림자를 사서라도 입시에 응시해야만 했다. 부르는 값이 얼마일까, 하는 걱정이 사라지기도 전에 나는 숨이 멎었다. 셀링 섀도 사이트로부터 온 메일이었다. 이미 두어 달 전에 왔던 메일이었는데 어찌된 영문인지 스팸 메일로 분류되어 있었다. 나는 공지 사항이라고 체크된 메일을 클릭했다.

그림자를 되찾고 싶을 경우,

당신은 7명의 학생을 사이트에 가입시켜

그림자 판매를 성사시켜야 합니다.

메일 내용은 끔찍했다. 순간, 단발머리의 얼굴이 스쳐지나갔다. 생면부지의 아이었는데, 그리고 보니 그림자 파는 것에 다양한 방법을 조언해 주었다.

'설마…… 그럴 리가 없지.'

믿기 힘든 현실과 믿고 싶지 않은 현실, 그 어떤 것도 인정하고 싶지 않은 사실 앞에서 나는 무기력해졌다. 단발머리가 계획적으로 나에게 접근했다고 믿고 싶지 않았다. 그러나 모든 것이 명확해졌다. 나처럼 성적을 위해 그림자를 팔았던 단발머리는 자신의 실수를 만회하기 위해 또 다른 희생자를 찾았던 것이다.

⊠ 내 그림자…… 살래?
다른 친구의 행복 따위는 상관없다면 말이야.

또다시 쪽지 알림 음이 울렸다. 쪽지를 보내는 아이디를 멍하니 바라보다가 나는 굳어 버리고 말았다. 눈에 익은 아이디, Puck Que…… 규였다.

⊠ 넌 인간이 아니야, 온수완.
그림자도 없는 새끼가 인간이겠어?

규는 나를 이해한 것이 아니었다. 용서한 것도 아니었다. 나는 울 수도 없었다. 스스로를 판 것은 나, 자신이었으니까. 럭키 세븐, 누구에게나 행운으로 기억될 숫자가 나에게는 지옥이었다. 7, 이토록 절박한 숫자가 세상에 또 어디 있을까.

나는 책상 서랍을 열어 노란색 포스트잇을 꺼냈다.

아직도 좋은 인간이 되지 못한 이송현

중학교 3학년 겨울방학이 시작될 무렵, 부모님이 내게 그런 말을 하신 적이 있다.

"인간이 돼라, 성적표에 적힌 숫자가 문제가 아니라 좋은 인간이 되는 게 우선이다."

나는 그때까지 살면서 좋은 인간에 대해 제대로 생각해 본 적이 없었다. 당연한 일이었다. 눈만 뜨면 지각할까 학교로 달렸고, 하루 종일 책상 앞에 앉아 있었으며 수업을 마치고 학원으로, 독서실로 향하는 생활 속에서 좋은 인간이라는 다소 철학적인 문제를 풀 시간은 존재하지 않았다. 게다가 학교, 학원, 그 어느 곳에서도 국·

영·수 위주의 교과 학습과 관련된 설명만 무성했지 그 누구도 나에게 좋은 인간이 되어야 한다고 말한 적이 없었으니까.

좋은 인간이란 무엇인가? 착하고 예의 바르고 상냥하고 친절하고 화를 내는 법이 없으며 아름답고 고운 말만 하는 사람? 별것 아닌 것 같은데 이상하게 좋은 인간의 정의를 내릴 수가 없었다. 누구나 쉽게 생각하고 누구나 쉽게 대답할 수 있을 것 같지만 본격적으로 고민하면 명쾌한 답변을 내릴 수 없는 문제가 좋은 인간이 되는 법이었다.

십 대인 나에게 부모님은 왜 좋은 인간, 좋은 인간 하며 노래를 부르셨을까?

아마도 그 무렵, 내가 좋은 인간이 될 기미가 전혀 보이지 않았기 때문일 것이다. 지금 생각해 보면 부모님 입장에서 얼마나 비극적인 심정이었을까 싶기도 하다. 목소리 크고 호전적이면서 마음에 담아 두는 법 없이 하고 싶은 말은 거침없이 해 대고, 정의라는 이름을 앞세워 나는 누군가 들으면 불편할 법한 말들도 무섭게 쏟아 내던 십 대였다. 버릇없기 짝이 없는 중학생이었지만 그때는 "나는 할 말을 했을 뿐!"이라며 당당했다. 그건 당당함이 아니라 타인에 대한 배려가 없는 안하무인이란 증거였는데……. 내가 바른 말을 한다고 떠들어 댔던 언어들이 상대방에게 상처가 되고 폭력으로 다가갈 수 있다는 것을 깨닫지 못한 시간이었다.

좋은 인간……. 그 말을 듣는 순간, 이상하게 가슴이 서늘했다. 나는 이미 인간으로 태어났고 범죄도 저지르지 않았으니 좋은 사람 측에 속한다고. 하지만 내 입으로 난 좋은 인간입니다, 라고 말하기에 곤란한 느낌을 외면할 수 없었다. 결국 나는 좋은 인간이 아니었던 것이다.

원고를 쓰는 동안, 잊고 있었던 '좋은 인간'이 내 앞에 다시 나타났다. 호주에 사는 동생과 메시지를 주고받다가 무심코 질문했다. 나 같은 사람을 또 만나고 싶냐고. 동생은 농담처럼 나에게 대답해 주었다.

"옛날의 넌 질색이지만…… 뭐, 이젠 괜찮아. 나이 들면서 조금씩 나아지고 있으니까."

다행이었다. 여전히 넌 거칠고 제멋대로고 이기적이고 상처가 되는 언어들을 무심코 잘 내던지는 인간이야, 라고 동생이 말했다면 나는 좌절하고 말았을 것이다.

글을 쓰면서, 이야기를 꾸린다며 많은 인물들을 만들어 내면서 어느덧 나도 그 옛날 내 부모님이 그러셨던 것처럼 '좋은 인간'을 주인공으로 그려 내려고 안간힘을 쓰고 있다. 그러고 보면 세상은 여전하다. 우리가 사는 이곳은 언제나 좋은 인간을 그리워하고 있다는 점! 그리고 이 세상을 살아가는 이상, 우리는 좋은 인간이 되어야 하고 우리 모두는 좋은 인간이 분명 될 수 있다는 것!

좋은 인간이 되는 방법은 무한하다. 나는 그 좋은 인간이 되기 위한 방법으로 오늘도 건강한 글을 쓰려고 아등바등하고 있다.

오늘의 아등바등이 힘들지 않다. 좋은 인간이 되겠다고 발버둥 칠수록 정말로 좋은 인간, 좋은 어른으로 성장하고 있는 것만 같아서…… 하루에도 열두 번은 더 웃는다.

2018년 가을에도 좋은 인간이 되려고

으랏차차, 이송현